ひとごと

——クリティカル・エッセイズ

福尾匠

河出書房新社

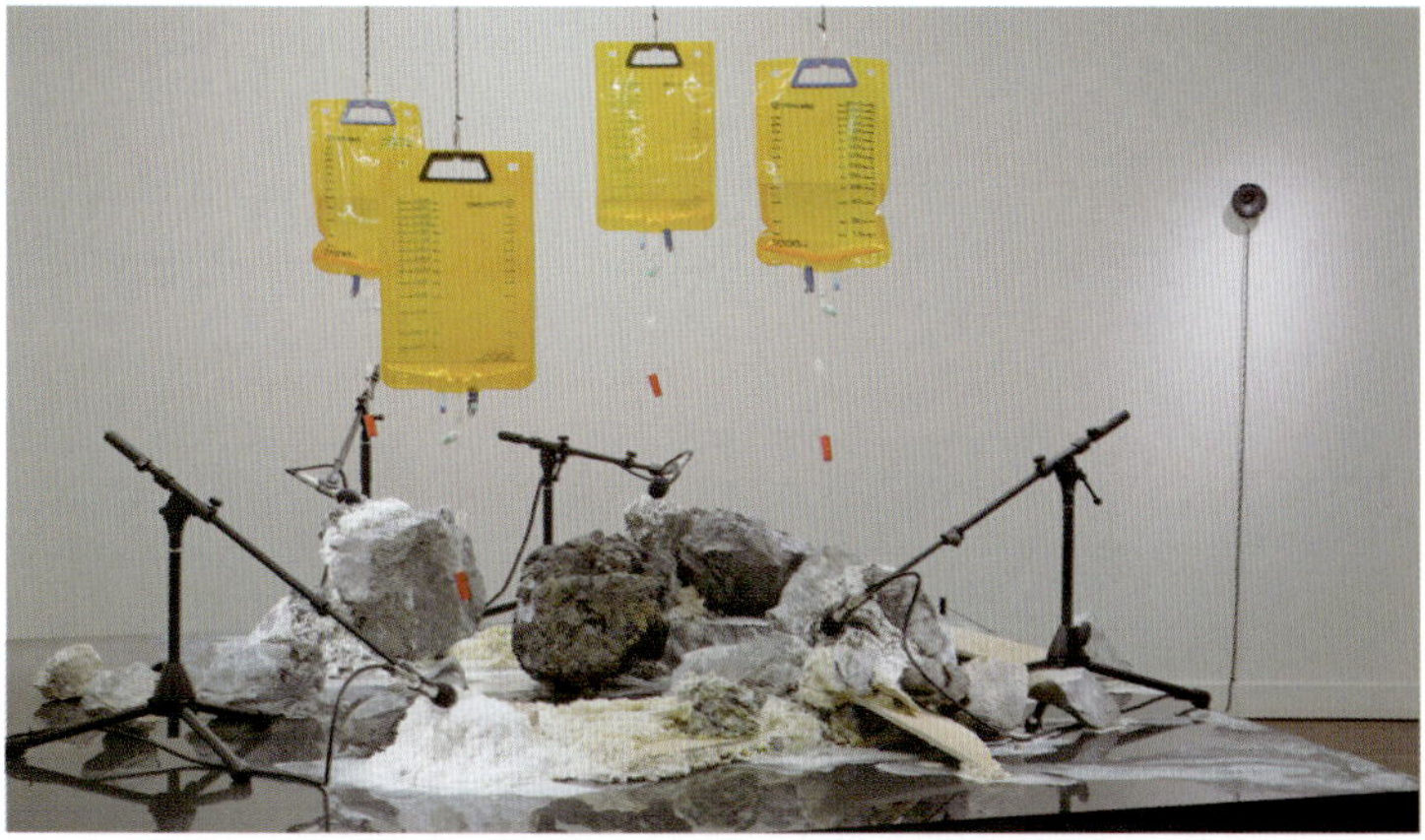

上

1. 大和田俊《unearth》2016年

「裏声で歌へ」展示風景（小山市立車屋美術館、2017年）

Photo: Ryohei Tomita

下

2. リー・キット「僕らはもっと繊細だった。」展示風景（原美術館、2018年）

Copyright the artist, Courtesy of ShugoArts, Photo: Shigeo Muto

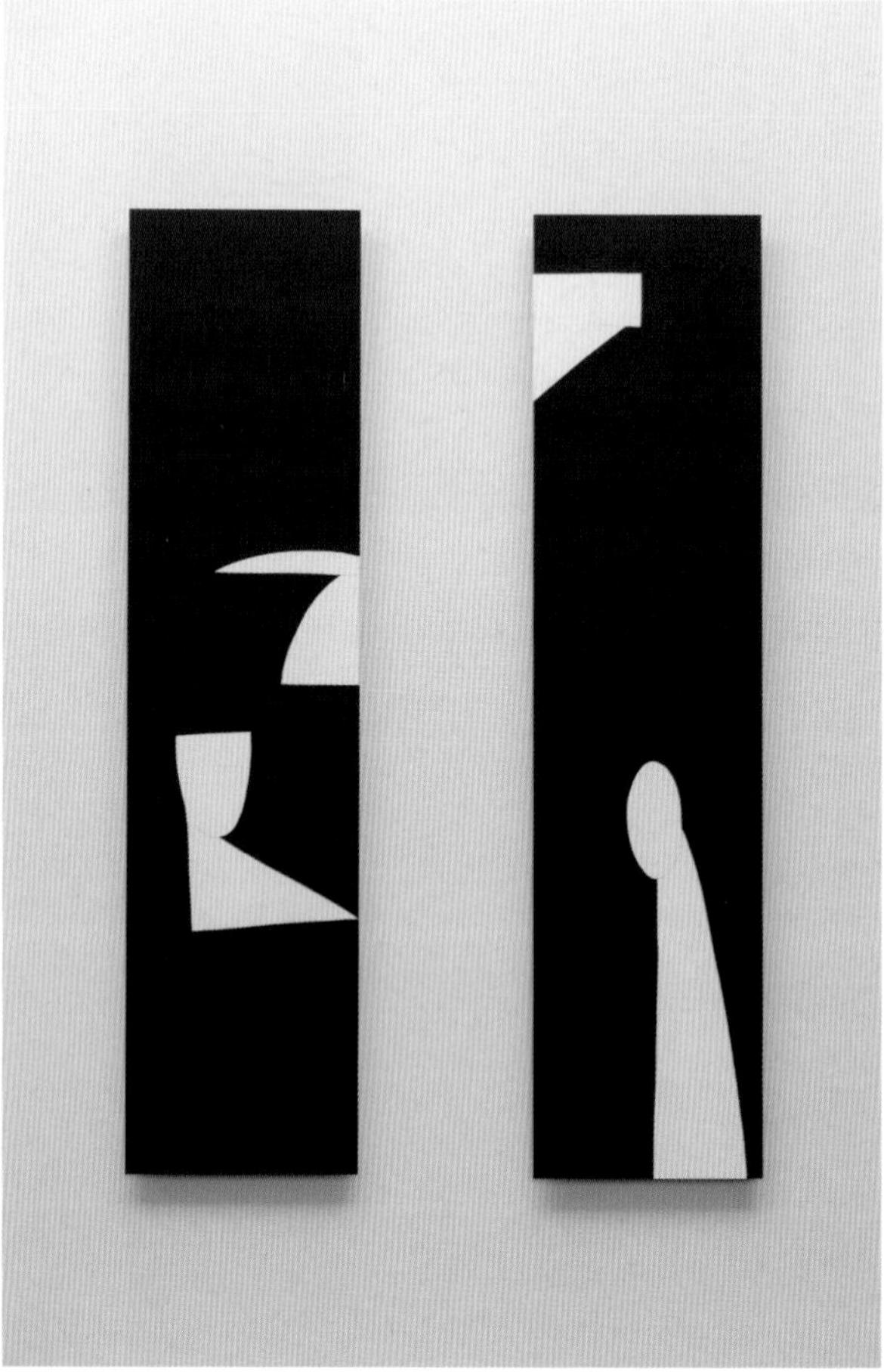

3. 五月女哲平《our time #2》2020年、木板にアクリル

4. 千葉正也《殺された孫悟空（…でもいったいどうやればあんな奴を殺せるっていうんだ？）》
2020年、キャンバスに油彩　Copyright the artist, Courtesy of ShugoArts, Photo: Shigeo Muto

上

5. 迫鉄平《FLIM》2018年、シングルチャンネル・ヴィデオ

下

6. 本山ゆかり《Window (Drawing 4, 5)》2021年

「コインはふたつあるから鳴る」展示風景（文化フォーラム春日井、2021年）

Courtesy of Yutaka Kikutake Gallery, Photo: Hana Sawada

ひとごと　クリティカル・エッセイズ　目次

凡例

・日本語文献の引用に際して、原書での傍点による強調は太字による強調に置き換える。
・地の文においても太字による強調を用い、〈山括弧〉は語句を術語として用いていることを示し、またはフレーズのまとまりを際立たせるために用いる。
・引用文中に注釈・補足を挿入する場合は〔亀甲括弧〕で示す。

まえがき

他人と杖

いつも仕事をする喫茶店でふと目を上げると、杖が自立している。四つ又になった脚で自立する杖が、老人のそばで次の出番を待っている。それは立っているのだが、眠っているようにも見える。

自立する杖。とても哲学的なオブジェだ。自立する杖が教えてくれるのは、まず、先端が分かれていない普通の杖は自立しないということだ。ひとを支えるためのものが自立しないというのは考えてみれば不思議な感じがするし、杖にとって自立する／しないがどちらでもいいというのはもっと不思議だ。そして杖の自立があってもなくてもいいのなら人間の自立はなおさらじゃないかという気がしてくる。しかしいろんな事情のもとにある個々人の生き様はともかく、われわれが作るものは自立する杖でなければいけないと思う。手に取れば私を支え、歩けばついてきてくれるし、手を放せば自分で立っている。

ひとを支えるためのものが自立しないのならば、支えることと寄りかかることはいかにして区別されるのか。自立する杖が問いであるとしたら、それはさしあたりこのような問いであるだろう。でもまだこれではどこか精確ではないような気もする。ブランクーシやジャコメッティという名前を頭から追い払う。この杖が問いであるとしたら、その問いは……

ところでいま、「ひとごと」ほど難しい立場に追いやられている言葉もなかなかないだろう。何でも「自分ごと」として、他人の身になって考えること、そうした道徳は、いっさいの抵抗を受けることなく、われわれの日々の行動や発言を律している。

そこにはたんに「政治的正しさ」や「同調圧力」と言っただけでは捉えられないものがある。というのも、他人の身になって自分ごととして考えるべしというのは、せいぜいある種の**もののたとえ**であり、原理的にそのようなことは不可能なのだという真理を不道徳なものとみなすための迂回路のようなものだからだ。真理を不道徳なものとして遠ざけること、道徳とはそれ自体、そうした暴力の集積ではないだろうか。それが暴力であるのは、「自分ごととして考えるべし」という命法を**文字通りに受け取った者が馬鹿を見る**システムだからだ。

ここに、善人と悪人と馬鹿者がいると考えよう。そして私は馬鹿者に賭け金を置こうとしている。

善人は何でも自分ごととして考えるべきだと語り、その実それが内発的な言葉というより誰かに言われたことを繰り返しているだけだと心のどこかで知っており、その道徳を完遂できないことに罪悪感を覚えている。

悪人はそんな理想が不可能であることを知っており、理想に背を向ける正当な理由としてその真理をおのれの護符にしている。そしてその真理は往々にしてきわめて幼稚な目的で持ち出される。他人の身になることなどできないのだから自分のことだけ考えていれば「よい」のだと。悪人はたんに道徳的な「よさ」を免除されたいだけであり、真理はその口実でしかないのだ。その意味で悪人も善人と同じく罪悪感に隷属している。

馬鹿者だけが、他人の身になるべしということを真に受けている。馬鹿者は善人にも悪人にも煙たがられる。両者にとって道徳／真理はたんなるもののたとえあるいは口実であり、そうした言葉と「現実」との距離から利益を得ているからだ。

世の中に、あるいは個々人の心のなかに善人と悪人しかいなければ、ひとごとの余地はなく、道徳と真理の綱引きのなかで自分ごとだけが空転する。それは支えることと寄りかかることが区別できなくなるほどに人びとが互いにしなだれかかり合いつつ罵倒し合っているような共依存的な世界だ。しかしわれわれの心のなかには善人と悪人だけでなく馬鹿者がいる。

馬鹿者とはここで、第一に、何でも真に受ける者のことだ。したがって彼には「自分」というものがなく、その主体的な一貫性のなさが善人／悪人を苛立たせる。第二に、われわれが馬鹿者になるのは、何かに「目を奪われる」瞬間である。私が自立する杖に目を奪われたように。そのような瞬間はわれわれの生活に不意に吹き込んでくる。

善人と悪人をまとめて「自分」と呼ぶことにしよう。もう少し硬い言葉で「主体」と言っても同じことだ。われわれはずっと自分＝主体であるわけでもないし、ずっと馬鹿者であるわけでもない。人間のあらゆる感情はそのふたつの状態の行き来によって生まれるとさえ言えるかもしれない。何かに目を奪われて自分が自分でなくなってしまうのは放心あるいは陶酔であり、それを抑えつけようとする気持ちが羞恥心であり、抑えが利かないときに罪悪感が生まれ、我に返った（ふたたび自分になった）ときに寂しさを感じ、自分が自分であるときに誰かが我を忘れて（自分じゃなくなって）いるのを見ると嫌悪感や義憤が湧き上がり、我を忘れさせてくれたものを喪失すると悲しみが……というように（これに似たことが、スピノザ『エチカ』で種々の感情の発生を幾何学的に説明する議論でなされている）。

「ひとごと」とは、あたうかぎり慎重な曖昧さで定義しておくと、ある他者が私を主体でなくしてしまい、ふたたび我に返ったときに私がその他者に感じる、醒めた感じ、である。そこで立っている杖、から、眼を逸らすことができるのは、杖が放っておいても立っているからであり、同時に、私もまたどこかしらそうであるからだろう。

道徳も真理も腐りきっているとしたら、いったいひとは何を拠り所にして生きていけばよいのか。そんなものはない。しかしそれはたんに人生の厳しさであるだけでなく、楽しさや喜び、あるいは優しさの条件であるだろう。雑多な文章が収められたこの本に通底するのは、「ひとごと」との距離のうちにある、そのようなポジティブな条件の探究である。

私が自分であったり自分でなくなったりすることを可能にしてくれる他者。主体としての私は誰かに対してそのような他者であることはないかもしれないが、私が知らないあいだに私から剝がれる何かは、誰かにとっての自立する杖かもしれない。

言い換えよう。

二〇二〇年の春から本格化した新型コロナウイルスの流行を受けて掲げられた「三密の回避」というスローガンの「三密」が、密閉・密集・密接を意味していたことをどれくらいのひとが憶えているだろうか。通常この施策（というか、「お願い」あるいは「要請」）は、それを肯定するか批判するかの立場を問わず、テレワークの推進や飲食店でのサービスの機械化といった事例を背景に、人間的なコミュニケーションの衰退／コミュニケーションコストの削減という文脈で捉えられてきた。つまり、**「三密の回避」はコミュニケーションの純化であるということだ。**

ここから逆説的な事態が帰結する。「三密の回避」は表面的には、社会的な交流を平時に比べて抑制する動きに見える。しかしそれは実際には、**コミュニケーションとみなされるもの以外を社会から排除すること**であり、〈密〉の回避というよりむしろ特定の〈密〉の形態の促進である。このように見れば一方で居酒屋やクラブが自粛を迫られ、他方で「GoToトラベル」で旅行が推奨されるということになんら矛盾はないということがわかる。こうした傾向はコロナ禍に始まったわけではなく、それ以前から存在したものであり、ウイルスはあくまでそれを強力に加速させるきっかけであった。

たとえば、対面でひとと喋るということは、お互いの考えの交換という意味でのコミュニケーションには収まらない無数の要素に晒されるということである（何気ない身ぶり、表情の変化、途切れがちなセンテンス、周囲の物音、話半分に聴きながら打つ相づち、煙草や汗の匂い……)。それに対して、たとえばZOOMを介したミーティングにおいては、コミュニケーションに資するとみなされるものだけがフィルターを通過するようになっている。「三密の回避」とは、何がコミュニケーションであるかということを選別し、その特定の形態をより〈密〉にすることなのだ。そうして失われるのは〈疎〉であり、つまり、空間である。

〈密〉とは、そこに空間があることの否認であり、それはそのまま「インターフェイス」というものの定義でもある。それはiPhoneとノイズキャンセリングイヤホンによって眼と耳を占領され、指でタイムラインをたぐり寄せ、「スマホ首」をこわばらせているわれわれにとって、なんら意外な定義ではないだろう。インターフェイスはわれわれをコミュニケーションしかできない〈密〉へと幽閉する。SNSにおける言論の過激化はその典型的な帰結である。

〈疎〉とは、そこに空間が存在することの事実性である。われわれがいかに眼と指の閉鎖回路へと縮こまっていっても、空間はつねにひとつのチャンスとしてわれわれを待っている。ふと目を上げると自立する杖がある、そんなふうに。

〈疎〉を語ること、あるいは、**疎《まば》らに語る**こと、本書に収められた文章はそれぞれにおいて、そしてそれぞれの関係において、このふたつのことを実演することを試みている。

現代の〈密〉の形態がインターフェイスによって準備されており、言論がそこに否も応もなく巻き込まれてしまっているとするなら、〈疎〉の恢復は作品との出会い、そしてそれを語ることにおいてなされる。作品ではなく作品が置かれる場（インターフェイス）の政治性が語られ、その制度批判的な態度が極大の政治的主張（反戦、表現の自由、アイデンティティ・ポリティクス、（アンチ）ポリコレ……）と循環的に強化し合い、そのあいだに当の作品はないがしろにされる。このような事態は、現代美術でもアニメでも音楽でも、批判の主体／対象のどちらが右派でどちらが左派であっても、われわれの時代の文化の日常的な風景である。

とはいえ私は、「作品の価値と作者の人格・行動・政治的立場は分けて考えよう」というようなことを言いたいのではない。作品とはそこに客観的な属性としての価値を貼り付けられるようなものでなく、それはそれで歴史や市場というインターフェイスが生み出す幻影である。本書に収められた批評にはいわゆる「大作家」を扱った文章はひとつもない（かろうじてアラン・ロブ＝グリエがそこに引っかかるかもしれない）が、それは作品の経験が霧消する現代にあって、大文字の〈芸術〉の大文字の〈歴史〉から有無を言わせず作品であるようなものを持ち出したところで、そこに批判的な価値が宿ることはないと考えているからだ。

批評と言わずエッセイと言わず、本書の文章が書くことを試みているのは、作品未満のものに取り囲まれることの「貧しさ」のただなかにあって、何かが〈作品として現れてくる〉その瞬間を捕まえることである。**批評とは、仮にそれがすでに作品として社会で了解されているものであっても、自分が出会ったものを新たなしかたで〈作品にする〉行為**である。

エッセイ／クリティック、あるいは内面なきプライバシー

もういちど言い換えよう。

本書には、私が二〇一七年以降に書いてきた批評とエッセイ（と、インタビューがひとつ）収められている。

副題の「クリティカル・エッセイズ」はそのまま漢語に移し替えれば「批評的随筆集」ということになるだろうが、この副題はロラン・バルトの*Essais critiques*（英語でCritical Essays）から借用している。この本の邦訳版はふたつあり、古いほうは『エッセ・クリティック』（晶文社）という、カタカナ訳、新しいほうは『批評をめぐる試み』（みすず書房）という意訳をタイトルにしている。いずれもどこか収まりが悪い感じがするが、それはessaiもcritiqueも多義的な語であることによるだろう。このタイトルには批評的＝批判的＝臨界的／エッセイ＝試論集という意味の広がりがある。

そして、より興味深いのは、フランス語においてはcritiqueは形容詞であると同時に「批評・批判」という名詞でもあるので、そこには「エッセイ／批評」とふたつのジャンルを並置する響きもあるだろうということだ。私が副題に取り入れたいと思ったのはどちらかというとこの並置のニュアンスである。まわりくどい説明になったが、端的に言うと、この副題には、**エッセイでないものは批評ではなく、批評でないものはエッセイではない**という私のひとつの信念を込めている。

逆に、エッセイはエッセイでしかなく、批評は批評でしかないという分割がどのような前

提に寄りかかっているかと考えると、それはエッセイは私的なことを書き批評は公的なことを書くという前提である。

二〇世紀の日本において、批評の雛形は文芸批評であり、とりわけ「私小説」と呼ばれるジャンルの文学作品の批評であった。それは公的空間と私的空間を分極しつつ、私的な言葉を公的な言葉に翻訳することが、日本が取り憑かれた急ごしらえの近代化において大きな社会的価値を担っていたからだろう。したがってエッセイと批評の相互前提的な含み合いを実践することは、大きく言えば、**私小説と文芸批評の分業が担っていたものをひとりの書き物のなかで混ぜ合わせながら変形させること**であるだろう。

この場合、何をどのように「変形」させるのか。かつて柄谷行人が『日本近代文学の起源』で喝破したように、近代文学のシステムにおいて「私」の発見は「内面」の発見としてなされた。それに対して、本書の文章は、**私秘性（プライバシー）を内面性から切り離して捉えなおす**ことを試みている。内面なきプライバシー。それはとりわけコロナ禍以降の、家であれどこであれ、**実空間上であれウェブ上であれどこかに「いる」ことがすでに社会的管理の対象であると同時に素材であるような現代における、唯一の抵抗のチャンス**である。

何かを言うことが通販サイトの商品ページに足跡を残すことと大差なくなってしまった世界で、それでも書くことの意味は、そのようにしてしか立ち上げなおすことはできない。内面なきプライバシーとは、〈私〉が〈私〉で「ある」ことに宿るのではなく、むしろ〈私〉が必ずしもつねに主体ではないこと、つまり、〈私〉であってもなくてもよく、**いてもいな**

くてもいいということに宿る。

スモーキング・エリア

本書には、私が二〇一七年以降に書いてきた批評とエッセイ（と、インタビューがひとつ）収められている。三〇篇ほどの文章を並べるにあたって、発表順にするというのがいちばん無難ではあるが、そうすると同じような毛色の文章が続くことになってしまう。批評、エッセイ、書評、インタビューというふうにジャンル分けしてもつまらないし、テーマで分けるにしても、たとえばここまで述べてきたような他人、作品、空間、私（秘）性、言葉といったテーマは、それぞれの文章のなかで複数にまたがっており、かっちりした分類はできない。

結果として、まず「スモーキング・エリア」という全五回の連載エッセイをチャプターの区切りとして採用し、それぞれの回となんとなく（あくまでなんとなく）の内容の共通性がある文章を章のうちに配分するというかたちを採ることとした。それは、文字通り「喫煙所」としてひと呼吸おく区切りを作るためでもあり、エッセイと批評の切り離せなさが伝わりやすくするためであり、そして、「スモーキング・エリア」の各回の推移に現れている雰囲気の変遷には、私という人間の性向が表れているように思われるからだ。

したがって本書は基本的には頭から順に読んでいただくことを想定しているが、「スモーキング・エリア」だけ拾い読みしてどこから読むか決めても、あるいはたんに気になったものから読んでもいい。巻末の「初出一覧・解題」では初出時の書誌情報を発表順に並べたうえで各記事の概要と背景を記しているので、そちらを参考に時系列順に読んでいただくこともできる。

それぞれの文章にはどれも初出時の媒体があり、編集者をはじめとする方々のおかげで書かれたものである。自分が依頼をもらって文章を書くようになるなんて、本書でもっとも古い、二〇一七年に『アーギュメンツ#2』という批評誌に寄稿した「映像を歩かせる」を書くまで思いもしなかった。依頼があり、納品し、今回もいい仕事ができたとひとりで悦に入ることは、それがなければ私は自分がいったい何をしているのかわからなくなってしまうだろうというくらい実体のない「書く」ということに、自分がやっているのは仕事なのだという輪郭を（かろうじてではあるが）与えてくれた。本書への掲載を快諾してくださったこととともに、各記事の関係者の方々に深く感謝いたします。

『非美学』と『ひとごと』

最後に、本書が出る五か月ほど前に同じ河出書房新社から刊行され、本山ゆかりの同じ作品を異なるレイアウトで装画として用いている『非美学――ジル・ドゥルーズの言葉と物』と本書の関係について簡単に書いておく。

『非美学』はドゥルーズを扱ったかなりハードな哲学書で、本書『ひとごと』は批評・エッセイ集である。そうすると当然、前者が「理論編」で後者が「応用編」なのだろうということなるが、そうではない。では二冊はどのような関係にあるのか。

まずごく簡単に『非美学』について振り返っておくと、この本で私が試みたのは、哲学にとっての芸術との関係を〈仕事の自律性〉と〈触発の自由〉の相互前提性という側面から考えることだった。他者からの触発に報いるためには自らの自律的な仕事で応えねばならず、そのような仕事がなされなければ、自分が他者から受け取ったものは保存されず、したがって触発は存在しなかったも同じことになる。だとすると、哲学にとっての他者である芸術から触発されること、そしてその触発が哲学に固有の仕事としての「概念の創造」に跳ね返ることの、それぞれの内実はどのようなものであるのか。それが私がドゥルーズのテクストを通して『非美学』で考えたことだ。

これはもっとスケールを拡大して言えば、**倫理と創造の関係を相互前提的なものとして考える**ということである。倫理なくして創造はなく、創造なくして倫理はない。これはかなり思い切った主張だろう。なぜなら誰かを大切にするということはたんにそのひとを大切にすることではなく、そのひとから受け取ったものをもとに何か作らないとそのひとを大切にしたことにはならない、と言っているのだから。

しかし私は、なにも誰もがアーティストになるべきだとか、誰しも哲学書を読み込んで自分なりの概念を作らないとダメだと言っているわけではない。というのも、倫理と創造の相互前提的な関係は、いわゆる「芸術」やいわゆる「哲学」の外で、日々そこらじゅうで実践されていることだとも思うからだ。たとえばあなたが誰かに優しくできるのは、あなたが他の誰かに優しくしてもらったことがあるからであると同時に、それは同じ状況で同じ行為を反復しているわけではないだろう。その意味で触発と自律、あるいは倫理と創造ということで私が言おうとしているのは、まさしくドゥルーズの「差異と反復」の私なりの言い換えである。そして『ひとごと』を通して、一見ひどく高踏的な『非美学』のテーゼの身近さは、より実感しやすくなるのではないかと思う。

『非美学』は、〈疎〉をめぐる考察で締めくくられた。『ひとごと』はそこから始まる。しかし『非美学』は、『ひとごと』に収録されている様々な機会に書かれた文章を通して考えられたことなしには書かれなかった。その意味で『ひとごと』が終わったところから『非美学』が始まるとも言える。実際二〇一七年以降の七年間は、そのまま『非美学』の執筆時期に相当する（そのうち前半四年間は博士論文の構想・執筆、後半三年間はその書籍版への改稿をおこなった）。言わばこの二冊は互いが互いの素材であり、そのあいだにはたくさんの意想外のつながりがある。それを見つける楽しみは手つかずにしておきたいが、ひとつだけ例を挙げると、五月女哲平の絵画を「非意識」という造語を用いて評したときには、同じ言葉をドゥルーズ論で使うことなど思いもよらなかった。

したがって二冊はどちらから読み始めてもよい。それぞれ独立した著作なので片方だけ読むのももちろんいいが、どちらも読めば、たとえば『非美学』の硬さが『ひとごと』のエッセイの延長としてほぐされ、反対に、エッセイのちょっとした観察の概念的な広がりが見えてくるだろう。まあ、そのときどきの気分で読んでもらえれば大丈夫だ。『ひとごと』も

『非美学』も、目を離しても自立するように作ってあるから。

ひとごと　クリティカル・エッセイズ

挿画　本山ゆかり《Ghost in the Cloth（コスモス）》二〇一九年

装丁　須山悠里

スモーキング・エリア#1

煙草とおなじくらい分煙が好き

展覧会が延期になった。ひとりのキュレーターが五人の作家の個展を通年で組織する展覧会だ。それぞれの個展の会期に合わせてエッセイの連載を書くことになっていたのだけど、展示が後ろ倒しになりどういうスケジュールでおこなうことになるのかいまのところ決まっていない。僕の連載もそれに合わせてズラしたほうがよいのかなとも思ったが、もとより展示と直接関係ない（なくてもよい）文章をということだったので、キュレーターの長谷川新さんと話し合って僕の連載はもとの会期に即して始めることになった。ともあれこれは展示と並行して連載されるエッセイで、でも展示は延期になり、エッセイだけがもとの会期に取り残された（？）ものだ。祝日なのを知らずに出社してしまった寝ぼけた会社員のように。そう思うとこれはなんら特殊なことではない。

連載には「スモーキング・エリア」という通しタイトルをつけた。「喫煙所」でもよかったのだけど、英語のほうが「煙する空間」という含意もあってよいかなと思って。僕は煙草を吸うので喫煙所や喫煙可能なお店を見つけると自然と覚えてしまう。街には喫煙可能性のグラデーションが広がっていて、ここは喫煙可能性が低いな、とか、都内の小綺麗な商業施設に入ったときなど思わずつぶやいて連れに変な顔をされたりする。それでも僕はそうした分煙世界を愛していた。いままでは喫煙可能性の斑模様はすこし（スモーキーに）滲んでいたけど、この四月の健康増進法改正でそれはずっとリジッドになった。

僕としてはべつに、喫煙可能な空間の総面積が小さくなること自体は嫌と言えば嫌だがそんなこと言ってもつまんないなとも思う。僕が愛しているのは失われつつある分煙世界の境界ならざる境界のありかたであって、それはそもそも「面積」といったものでは測れない。

べつの言いかたをする。僕としてはべつに、「飲みュニケーション」に類するような喫煙者たちのやさぐれた連帯が失われることは嫌と言えば嫌だがそんなこと言ってもつまんないなとも思う。最低限の不健康で非文化的な生活を送る権利は認められるべきだし、憲法に加えてほしいし、いや認められるまでもなくそれはつねにある、それはつねにひとつのチャンスとしてあると思うけど。というか、いま進んでいる喫煙者の囲い込みはむしろそうしたやさぐれた連帯を強化するとさえ言えるだろう。僕が毎日のように通っている近所の珈琲館は全席喫煙可を維持することを引き換えに未成年が入店できなくなり、もともと高かったやさぐれ度がもっと高くなっている。健康を口実にした公的権力の私的領域への介入に抗するというモチベーションは僕にはあんまりない。分煙は公と私を分割するわけでもない。

僕は煙草とおなじくらい分煙が好きだ。そこには原理的に分けられるはずのない煙というものを分かれたことにするいじらしさというか、やさしさのようなものがあった。しかし分けられるものの重点は分けられない煙から分けることのできる人間へとシフトしてきた。コンビニ脇に置かれた灰皿から喫煙者たちが燻されている喫煙ブースへ。そこにはそもそも煙が分けることのできないものだということ、そして統計から導かれるリスクは個々の生に対しては外在的なものでしかないということへの強い否認がある。

固体として扱えず見えもしないがリスクだけは数字として上がってくるものへの恐怖は、ある種の換喩の操作によって鎮められる。煙は分けられないが喫煙者は分けられるし、海に流れるマイクロプラスティックは止められないがプラスティックストローの使用自粛を謳うことはできる。

リスクの自覚による共同体意識にせよ喫煙者たちの連帯にせよ、つまるところそうした換喩を実体化することに端を発している（布マスク二枚給付という妙案の空恐ろしさ！）。とはいえ程度の差はあれ誰もがみな喫煙者なのだと叫んだところで唇寒し。否認されているのはまさにそのことなのだから。そうして否認しているのはバカだからだというどうしようもない分割に帰ってくる。はたして喫煙者の囲い込みでも、潔癖あるいは不潔への居直りでもない、〈分煙〉とはなんなのだろう。

横浜のアパートに一人暮らしをしている。煙草は台所の換気扇の下でしか吸わない。大阪に六年間住んでいたときの部屋ではどこでも吸っていたら壁が黄ばんで敷金が返ってこなかったからという消極的な動機だったけど、いまではこの自室内分煙がとても気に入っている。作業を長続きさせるためには多動的だが作業以外はしないというアンビバレントな状態が必要になる。ウェブブラウザやSNSを開いてしまうとべつのことを始めてしまう。トイレに行ったり髪をくしゃくしゃと掻いたり伸びをしたりするくらいの、あるかないかの自動的な中断がちょうどいいけどこれらは一瞬で終わってしまう。その点自室内分煙はきわめて受動的に作業から降ろしてくれるうえに（受動喫煙……）、五分くらいは換気扇の下に立っていることになる。多動が「いろんなことをする」ではなく「ひとつのことをする／しない」のスイッチに切り替わるわけだ。中毒者になることと引き換えに。「あれ、あいつは？」「煙草吸いに行ったんじゃないかな」。分煙はなにかから降りること、その場にいないことを可能にする。喫煙者で**ある**こと、喫煙所に**いる**ことは副次的なことで、いるのかいないのかということが輪郭のない煙との距離のなかで不問になること、有耶無耶になることに〈分煙〉の本質はあり、それは煙草というものにそもそも組み込まれている。喫煙者どうしでさえたがいに少しずつ消えあう。プライバシーは霧消する煙に預けられる。密室にプライバシーはない。密室には盗聴か窒息死しか待っていない。窓を開けてくゆらされるものがプライバシーだ。

100パーセントの無知な男の子に出会う可能性について

100パーセントの無知といっても、彼はなんにも知らないわけではない。テストではまあまあの点を取るし、掃除の時間には掃除をするし、放課後は友達と一緒に帰って、晩ご飯を食べたら自分でお皿を片付ける。ちょっとぼんやりしたところはあるけど、いたって普通の男の子だ。

しかし彼は、あるひとつの、みんなが知っていることについて100パーセントの無知なのだ。たとえば新型コロナウイルスの流行について、あるいはウクライナで戦争が起こっていることについて。これはそもそもすべてが「たとえば」の話なのでどちらでもいいのだけど、ここでは彼はコロナについて100パーセントの無知だという設定にしよう。コロナについてまったく知らないなんてありえないと思うかもしれないけど、何度でも言おう。これは「たとえば」の話なのだ。

家族や先生がコロナの話をするとき、ニュースで今日の感染者数が発表されているとき、きまって彼はたまたま、別のことに気を取られている。窓から見える木の枝が風で揺れているのに目を奪われたり、好きな子や嫌いなやつについて考えたり、昨日見たアニメを思い出したりしている。こういうことは誰にでもあるだろう。普通はどこかのタイミングで我に返ったり、「おい、聞いているのか」と言われて現実に引き戻される。でも彼には、こういうすれ違いが奇跡的に何百回、何千回と連続して起こり、そうしてコロナについて100パーセントの無知な男の子ができあがる。

彼はちょっと不思議に思いながら、でもあらためて理由を聞く気にもならず毎朝マスクをして出かける。授業がオンラインになったりオフラインになったりするのを、これがデジタル社会というものかとか思いながら、たいして気にすることもなく過ごしている。修学旅行が中止になったのも、そういえばそんなものもあったなとしか思っていない。このまま奇跡が続けば、彼は本当に何も知ることがないままコロナの流行が終わり、大人になった彼にとってその何年間かは、いまいましいコロナ禍の時代ではなく「なんでかわからないがみんながマスクをしていた時代」として思い出されるだろう。

めでたしめでたし、というわけにはいかないかもしれない。彼と一緒のクラスのあなたがあるとき、彼がコロナについて100パーセントの無知であることに気づいてしまうからだ。彼が奇跡の連続で無知なのと同じくらい奇跡的にすさまじい観察力をもつ（そしてもしかして彼のことがちょっと気になっている）あなたは、彼が先生の話をぼおっとして聞いていないこと、給食のあとみんながマスクを着けるのを見て、彼が０・０１秒くらいの一瞬不思議そうな顔をしたこと、オンライン授業についてのプリントを彼が読まずに折りたたんでしまったことに気づく。そしてあるとき、あなたの頭のなかでそれらが繋がり、彼はコロナについてなんにも知らないのかもしれないという疑問が生まれる。

慎重なあなたはそれからもしばらく観察を続け、疑問は確信に変わる。彼は本当にコロナについて１００パーセントの無知なのだ。あなたの奇跡的な観察力と同じくらい奇跡的に。

問題はここからだ。はたしてあなたは、いま新型コロナウイルスという感染症が世界中で流行っていて、たくさんの人が亡くなり、病院のベッドはいっぱいになり、観光地はお客さんが減ってお店を維持するのも大変で、わたしたちの修学旅行がなくなったのもコロナのせいなのだと、彼に教えるべきなのだろうか。

あるいはあなたはこう思うかもしれない。知らなくても困っていないんだったらわざわざ教えなくてもいいじゃないかと。教えるべきか、放っておくべきか、あなたはまだ観察を続けながら考える。

あなたの頭のなかにいる先生は、彼が困るとか困らないとかの問題ではなく、コロナが流行っているのは常識であり、彼が困っていなくても困っている人は他にたくさんいて、それはみんなで解決するべき問題であり、そういうことを勉強するのは大切なのだと言う。

あなたは頭のなかで、たしかにそうかもしれないと思いながら、でも、何かが引っかかる。本当にそうだろうか。「みんな」に彼を含めることを、彼はただ面倒だと思うかもしれない。たしかにおんなじクラスにいるのにコロナについてぜんぜん知らないなんてものすごく変だけど、「みんな」のなかには引きこもりの人とか、障害のある人とか、テレビもスマホもないところに住んでいる人とか、知らなくても変じゃない人はたくさんいるんじゃないか。そういうすべての人の家のドアを叩いて、火事だ！　逃げろ！と叫ぶみたいに、コロナだ！　気をつけろ！　マスクをしろ！　手を洗え！と言って回ることは、はたして正しいことなのだろうか。

火事みたいに逃げないと死んでしまうようなことだったら、教えることがその人の命を助けることに直結するけど、コロナはそういうわけでもない。それに彼は、ちゃんとマスクをしているし、観察したところきっちり手も洗っている。他の荒っぽい男の子に比べたら、ずっと安全そうに見えるくらいだ。

先生は繰り返す。当人が困るか困らないかの話ではないのだと。誰かが困るかもしれないことについて、「みんな」で考えることが大切なのだと。

あなたは、先生が言う「みんな」は、子供（あなただって子供かもしれないが、もっと子供のこと）が「みんな持ってる」から買ってくれとオモチャをせがむときの「みんな」と何が違うのかと思う。先生の頭のなかには、物知りで人助けをする「みんな」と、何も知らずに助けられる「それ以外」の人しかいないのかもしれない。

でも先生だってなんでも知っているわけでもないし、あなたもコロナについて何をどこまで知っているのかと聞かれると、あんまり自信がないかもしれない。

あなたが頭のなかで先生と闘っているあいだ、彼は相変わらず窓の外を眺めている。残念ながらこの話にはスッキリできる終わりはない。

ここからは、先生と同じくなんでも知っているわけではない、でもあなたと同じく「みんな」って誰のこと？と思っている僕の意見を話そう。

僕がこの話のポイントだと思うのは、先生が「みんな」がどうするべきかについて話しているのに対して、あなたは最後まで「彼」のことを考えていることだ。先生はコロナの流行が緊急事態で、そういうことについてはみんなで一緒に考えないといけないと言う。

先生は戦争についても同じことを言うだろう。ウクライナで起こっていることは大変なことで、みんなでそれについて勉強するのは大切なことなんだと、黒板に世界地図を貼りつけて説明するはずだ。先生というのはそういうものだ。僕は自分の半分を使ってそれを素直に尊敬する（大人になるとそういうことができるようになる）。

コロナとか戦争とか、そういう世界的な緊急事態が起こると、そういうことについて物知りな「みんな」とそれを知らずに過ごしている「それ以外」の人に世界は真っ二つになる。そして「みんな」の仲間入りをするのがいいことで、「それ以外」はダメな人、かわいそうな人ということになる。

反対に、平和なとき世界はどうなっているかと考えると、そこにはただ「それぞれの人」がいる。戦争は街に爆弾を落として平らな荒野にするけど、平和な街には古い建物や新しい建物が混ざっていて、それぞれの人がそれぞれのことを考えて生活している。パン屋はイースト菌のことを、車の整備士はエンジンのことを考えている。パン屋は整備士を発酵のしくみについて無知だと言ってバカにしないだろうし、整備士もパン屋に最新エンジンのしくみは常識だと言って授業を始めたりしないだろう。でもふたりとも、戦争が始まったら戦争のことしか考えられなくなる。ニュースも戦争の話ばかりになる。

平和なときに「みんな」で考えるのは、戦争の準備だ。平和なときに「それぞれ」で考えるのは、今が平和であることを確認することだ。ふたつのことはすれ違っている。大人は器用にこのふたつを行ったり来たりするけど、ずっと迷っているだけだともいえる。

あなたが１００パーセントの無知な男の子に何を言うのか僕は知らない。でも彼がコロナについて無知である奇跡が、「それぞれ」のうちのひとりのあなたに、これだけのことを考えるチャンスをくれたということはたしかだ。１００パーセントの無知な男の子に出会う可能性は、そのまま平和の可能性かもしれない。

非美学＝義家族という間違った仮説をもとに

書くのに七年かかった本が出て、一か月ほどが経った。

たっぷり寝て起きると妻はもう家を出ていて、コーヒーを淹れるために湯を沸かしているとインターホンが鳴った。しばらく前からマイクが壊れていて通話することができないので、来訪者の顔も見ずに解錠ボタンを押すのが癖になっている。どうせアマゾンだ。週に一度の回収をちょっと逃すとすぐに部屋が段ボール箱だらけになる。階段を上がってくる音が聞こえて、今度は玄関のベルが鳴る。郵便だ。「かきとめ」です、と言ってフルネームのサインを求められる。気づいたらもう名前を書いていて、配達員は消えている。

書留？　手に残った茶封筒の湿った毛羽立ちが、それが更新されたクレジットカードとか、そういう硬いものではない私的なものであることを告げている。暗い玄関から引き返してそれが、義父から送られてきた現金書留であることを認識した。封を解くと「祝出版」と毛筆で書かれた和紙ののし袋と、ボールペンで数行のメッセージが記された縦書きの便箋が出てきた。のし袋には一〇万円が入っていた。

義父は東京の大学の文学部を出て、地元の松江に帰って高校の国語教師になった。それがもうたぶん四〇年以上前の話で、彼は今年で定年を迎えるらしい。一〇万円。その金額には何か、そこにあっただろう屈託も含めてそのままに託された、語られることのないメッセージが込められているようで、ちょっと気が重くなる。ショートメッセージや電話で即応するのではなく、封書に礼状を書いて送ろうと思ったのは、その重みのぶんだけ時間がほしかったのかもしれない。

たしか、村上春樹の小説においてもしばしば、義父は主人公に対して過大に思えるほどの援助を行う。『国境の南、太陽の西』だったと思うが、「僕」は会社員を辞めて、義父の出資によって開店したバーを営んでいる。彼は軌道に乗った店にたまに顔を出すだけで、仕事らしい仕事をしていない。いかにも村上的な、三〇代の男に不意に訪れるモラトリアムは、「社会」からは離れていても、義家族との関係のなかで準備される。

結婚、というと次に来るのは出産で、家族が増えるというのは、恋人と家族になり子供を産み育てることなのだと、そういう漠とした結婚観に対して抱いていた反感は、実際に自分が結婚してみて肩透かしを食うことになった。僕と妻の関係だけ取り出せば、たんなる同居と結婚とのあいだに外面的な違いはないに等しい。しかし結婚するとそれだけで、親が増えるのだ。

親が増える。そんなことが自分の人生に起こりうるなんて、思いもしなかった。

村上の小説であれば、義理の家族によって用意されたモラトリアムのなかで、「僕」は妻を裏切ったり、あるいは失踪した妻を探したりするなかでいつしか会社員的なものとは異なる探偵的業務に駆り立てられ、仮想的な独身回帰とともに隠喩的な転職を遂げることになる。しかし現実のわれわれはメタファーとしてさえ探偵からはほど遠く、現金書留で届く一〇万円はそこから物語が始まる空間を開設するための小道具としてはあまりに生々しい。

札束をのし袋に、のし袋と便箋を封筒に戻して、それを妻の机の上に置いた。彼女が帰ってきてからまた考えればいい。何を考えるのかもわからないが。

『非美学——ジル・ドゥルーズの言葉と物』がこの六月、河出書房新社から刊行された。僕の二冊目の本で(あいだに自主制作したごく私的な日記本を別にして)、博士論文をもとに全面的に改稿した哲学の研究書だ。博士論文を書くのに四年、そこからの改稿に三年がかかった。後半の三年間はほとんどそのまま結婚後の生活に重なる。僕はそのあいだに三〇歳をまたぎ、常識的な時間に寝起きし仕事に出る妻を横目に、怠惰と焦燥が互いを駆り立て合うなか、昼過ぎの近所の喫茶店で、夜中の居間のデスクで、一段落先さえ見えない暗闇をまさぐっていた。

そのあいだで、そろそろ妻が帰ってくるからとスーパーに寄って夕飯を作り、一緒に食べる時間だけが、明日もやってくることが約束されている、頭の片隅からも執筆のことを追い出せる時間だった。切れば切れ、炒めれば炒まり、食べたらなくなる料理と食事のあっけなさは、何を書いても、何かを考えているという手応えから見放されたような苦しみの対極にある救いだった。

といって、これはこれで物語化が過ぎるというか、実情としては作業にしても食事にしても妻と過ごす時間にしても日々様々であったと言うほかない。それに、本ができて、それが明白に僕の書いたものだけでは成立しえないものとして編集・デザイン・校閲等を通して存在し、複製された物体として流通し始めてしまえば、僕はむしろテクストを一八〇度またいで脚本家から役者になったような、つまり文を作る側から文を引き立てるために何かを演じる側に回ったかのような、不思議と醒めた気持ちにもなる。

『非美学』で書いたのは、「哲学する」ということを、世界の全体を外から眺めるような卓越的なものから引きずり降ろすなら、この世界のなかで、哲学は哲学でないものとどのように関わるのかということだった。それは裏を返せば、「哲学しない」ことの領分みたいなものを確保することの倫理についての話だったのだと思う。

義父からの手紙にはシャツでも買ってくださいと書いてあった。シャツ？　彼も僕と同じようにこの一〇万円がどこから来てどこに向かうべきものなのかわからないのだろう。老人には難しいかもしれないがゆっくり読みます、とも。いやいや、一〇万円はすでに僕の本の裏面を補って余りあります。帰ってきた妻と話して、寿司屋を予約した。

ポシブル、パサブル
——ある空間とその言葉

それが誰だったかどうしても思い出せないのだが、どこかで、ある詩人がビルの窓に太陽光が反射しているのを見て、太陽の直径はあそこまで届いている！　と驚いたというエピソードを読んだ。

窓まで届いていたならその詩人の網膜まで届いていたし、眩しさに額にかざした手まで届いてもいた。見えるものはそれを通して太陽（光）が私に触れてくるものであり、こうした接触は眼の形成に先立つどころか、それを条件づける。眼が可視性を生むのでなくその逆ということだ。われわれはつねにどこかしら未然の眼であるだろう。未見の可視性の器官化されざる眼が私の身体だ。

新たな感覚器官の発生を夢見ているわけではない。たんに知覚とはそういうものだし、身体とはそういうものだということ、そしてそういうレベルでは接触は輪郭に先立つということを考えている。ベルクソンの「イマージュ」はそういう知覚のありかたを、ドゥルーズ（とガタリ）の「器官なき身体」はそういう身体のありかたを示している。[1]

こうした知覚、器官、身体のありかたは、たんにすでに器官化＝組織化（organize）されたわれわれの経験に時間的に先行するというだけでなくつねに伏在しておりこれらの変容可能性を下支えしている。「潜在性」とはこの伏在であり、「現働化」とは潜在的なものの解除による変容だ。それはそうなのだろうけどそれにしても詩人はなぜ窓という半端な地点で太陽に出会ったのだろう。

空間のことを考えている。感染経路、クラスター。そこで問題になっているのはつねにウイルスの換喩だ。なにを経路としなにをクラスターとするのかは人為的に決定される。ウイルスは細胞を宿主とするがわれわれはウイルスを増殖させる細胞群をクラスターとは呼ばない。武漢はクラスターだろうか。飛行機は経路だろうかクラスターだろうか。ダイヤモンド・プリンセス号は、パチンコ店は、通勤電車は、不謹慎な旅行者は……たしかにわれわれ（これも換喩だ）はウイルスに対していまのところ換喩のレベルでしか介入できないが、こうした換喩は社会的な価値づけをともなっているということも警戒され続けるべきだろう。換喩ドリブンのソーシャルなディスタンス。ソーシャル・ディスタンスと聞くといつも社交ダンスを連想してしまう。

全員がこちらに正面を向けていて、私も全員に正面を向けて、ついでに私の正面も私を向いている。実空間では自然に生まれるような会話の島は生まれようもなく、ぜんぶが正面になった空間でひとりの話者とそれ以外の聴者というポジションをシーケンシャルに交代させ続けている。換喩によって自宅に追い込まれた人々が空間みたいなものにへばりついている。

アメリカのドラマによく出てくる椅子を輪っかに並べて順番に話し聞き拍手し抱擁しあう互助会を思い出す。

インスタレーション・アートと呼ばれる表現形式について考えている。日本の現代美術をめぐる言説は、芸術祭、サイト・スペシフィシティ、コレクティブ、オルタナティブ・スペース、キュレーション、アーカイブについての議論であふれかえっている。しかし個別の作品評を除けばインスタレーション・アートについてのまとまった考察はほとんど存在しないと言ってもさしつかえないのではないだろうか。絵画であれ映像作品であれインスタレーション・アート的な側面を備えており作者も鑑賞者も程度の差はあれそのことに自覚的であると思われるのにもかかわらず。とても不思議に思う。

こうした忘却の徴候論的な考察も必要なのかもしれない。たとえば「表現の不自由展・その後」という展覧会が芸術祭のなかの一作品として出展されており、不自由展実行委員会はキュレーターであり作家であり、不自由展はインスタレーション作品であり展覧会でもあるという捻れはどこからやってきたのだろう。

日本語で読める数少ないインスタレーション・アートについての論考、ボリス・グロイス

1　アンリ・ベルクソン『物質と記憶』杉山直樹訳、講談社学術文庫、二〇一九年、第一章（本書については、Quadrige 版の原書を参照し、引用に際して適宜変更を加えている）。ジル・ドゥルーズ&フェリックス・ガタリ『アンチ・オイディプス』（上・下）宇野邦一訳、河出文庫、二〇〇六年、第一章。

の「インスタレーションの政治学」ではキュレーターは公的な説明責任を負っており作家は展覧会のなかで私的な自由を行使する権利をもつと整理されている。[2] たとえばマルセル・ブロータースが「架空の」展覧会をインスタレーション作品として発表する場合、その作品およびそのなかの「出展作品」の公的な意義について彼に説明責任はない。しかしこの「展覧会」をべつの展覧会のなかでキュレーターが作品として選出した場合には、彼／彼女はその意義の説明を求められるだろう。したがって津田大介が不自由展の社会的意義は説くが、そのなかで出展されていた作品群の意義についての説明は実行委員会に託していたのは半分正しく半分間違っていることになる。しかしそもそも公的なものと私的なものの分割線を引く者、この場合グロイスは、どちらの観点からそれを言っているのだろうか。パブリックとプライベートは「線」によって隔てられるのだろうか。その想定がすでに私的なものの抑圧なのではないだろうか。国内外、規模の大小を問わず作家がキュレーターを務める展示が増えている状況に鑑みると彼の図式はいまとなっては保守的に見える。この批判は作家も公的な意義に積極的に関与すべきだということを少しも意味しない。

なぜ脅迫電話によってセキュリティを維持することが困難になったことに対する解決策が不自由展まるごとの「閉鎖」だったのだろうか。私が「あいちトリエンナーレ2019」を訪れたときにはこの展示／作品を閉じ込める壁に、鑑賞者が日々感じている「不自由」について書いたものがポストイットでたくさん貼られていた。空間がツイッターになったかのように。経路およびクラスターへの換喩によるウイルスの還元も「おうち時間」的な電子互助会も二重キュレーションによるインスタレーションの壁への還元も空間を抑圧する。

どれくらいのひとが地球平面説をまったく信じていないなどと言えるのだろうか。彼らは新型コロナウイルスの流行でさえ「陰謀」のひとことでそんな事実はないと断じる。[3]「武漢ウイルス」という究極の換喩でさえこれよりは一段穏当な陰謀論であり、地球平面論者は極端であるがゆえに(それを言っているだけなら)比較的無害だとさえ言える。地球平面論者が新型コロナウイルスの実在を否定しているのとおなじように、換喩によってウイルスがある場所とない場所の区別をすることが可能になる。しかしとうぜんそれはどこにでもありうるし、ウイルスがあったりなかったりする場所があるだけだ。

敵や悪魔、サタンが存在するとしよう。そいつの仕事は、神は存在しないと世界に信じ込ませることだ。そいつは物の見事に成功して、地球は無限の宇宙の中のランダムなちりに過ぎないと人々に信じ込ませたというわけだ。[4]

2　ボリス・グロイス「インスタレーションの政治学」星野太・石川達紘訳、『表象12』、表象文化論学会、二〇一八年。

3　以下の記事では地球平面説と新型コロナ陰謀説、そしてこのウイルスが5Gの電波によって撒布されたものとする陰謀を主張する層の重なりが指摘されている。Taylor Hatmaker, "Coronavirus conspiracies like that bogus 5G claim are racing across the internet", TechCrunch, April, 10, 2020. https://techcrunch.com/2020/04/10/coronavirus-5g-covid-19-conspiracy-theory-misinformation/(最終アクセス二〇二四年九月一〇日)。

宇宙が無限の拡がりであることと神の存在がどのようにバッティングするのか私にはわからない。宇宙が無限の拡がりであることの否認の方便として彼らは神というものを考えているのかもしれない。そうすると地球平面説の重点は地球が平面であることではなく大地が閉じた天蓋のもとにあると考えることにあるだろう。宇宙を開き地球を宙吊りにするのは悪魔崇拝者の陰謀だ。アゴラフォビアと陰謀論は換喩という回路を通してつながっている。

神が一挙にあらゆるパースペクティブを捉える不可能な視覚をもっているとするなら、まさに悪魔は綜合ではなく反対にパースペクティブの離接によってことにあたる。受肉されるべきなのはしたがって整序することの不可能性であり、悪魔的な空間だ。

悪魔〔Diable〕は分割者〔Diviseur〕であることを忘れないようにしよう。悪魔〔*diabolos*〕の語源は象徴〔*symbolos*〕に厳密に対立しており、語源学的に言って象徴は集めるものであり、悪魔は分割するものだ。[5]

このふたつの引用はパトリス・マニグリエの『悪魔のパースペクティブ』のものだ。本書はロマン・ポランスキーの『ローズマリーの赤ちゃん』（一九六八年）と、この映画の舞台であるアパートメントを再現した空間を中心としたインスタレーション作品《Rosemary's Place》（ラエティティア・ドゥラフォンテーヌとグレゴリー・ニエルのユニット、DNによる二〇〇七年の作品）を取り上げてパースペクティブと空間、映画とインスタレーション・アートの錯綜した関係について論じている。

『ローズマリーの赤ちゃん』のアパートメントがドアや家具などの装飾を排したうえで真っ白な壁、床、天井で再現され、そのなかに一六台の監視カメラが設置されている。これらは映画のショットのアングルをなぞるように配されている。このセット（と便宜的に呼ぶ）の外の壁にはふたつの映像が並んで投影されている。一方は監視カメラの映像を一五分遅れで映し出し、一定の時間で次のカメラの映像に切り替わる。もう一方では映画で実際におこなわれたモンタージュをなぞる順序、持続で監視カメラの映像が切り替わる。鑑賞者はセットの中を歩き、セットの外でその空間の映像を見る。親しげな隣人として近づいてくる悪魔崇拝者たちに取り囲まれ悪魔の子供まで孕ませられるローズマリーの物語のおぞましさは《Rosemary's Place》ではすっかり脱色されているように見える。しかしDNはこの映画のおぞましさを物語とはべつの側面で解釈し強調し再構築している。

4　以下の記事で紹介されているある地球平面論者の発言。「世界に広がる「地球平面説」——その背景にあるものは?」」CNN.jp」二〇二〇年一月一日。https://www.cnn.co.jp/fringe/35146840.html（最終アクセス二〇二四年九月一〇日）。

5　Patrice Maniglier, *La perspective du Diable : Figurations de l'espace et philosophie de la Renaissance à Rosemary's Baby*, Actes Sud, 2010, p. 91, 92.

《Rosemary's Place》には家具もなく、鑑賞者は真っ白な床を汚さないようスリッパを履かされる。鑑賞者はセットのなかで歩き回ること以外のアフォードを取り去られその痕跡さえ残すこともできない。マニグリエは映画が出来事を描く芸術であるなら、監視カメラは「なにも起きないようにするための」イメージだと述べている。[6] オブジェクトを配される前の3DCG空間のようにもとよりなにも起きようがない——なによりそこは美術館の中なのだから——空間を剝き出しの監視が支配している。

フィリップ・ラクー＝ラバルトはハイデガーの「ゲシュテル（Ge-stell）」（集立、総かり立て体制）を installation と仏訳することを提案している。[7] たしかにここには語源的な響きがある。ゲシュテルは英語圏では enframing と訳されているようだ。中に立てることと（in-stallation）と、中に枠づけること（en-framing）。インスタレーション・アートは物々をかり立て、美術館やギャラリーの中に立てられ、立体的な枠組みで囲われたものだ。世界のすべてを徴用可能な道具として見ることを指す概念であったゲシュテルが、いつのまにか芸術に滑り込んでいる。それにそもそも『芸術作品の根源』には彼が作品というものの本質をゲシュテルという語で形容している箇所がある。[8] 芸術と技術のあいだには「ポイエーシス」（創作）という明白なつながりがある一方で、ゲシュテルという裏口でつながっている。

展示室の壁にそっけないドアがあって、ほかの鑑賞者がそれを開けて入ってしばらくして出てきた。その顔のこわばりが気になって入ってみると四畳ほどのいやに狭い空間にシングルベッドがひとつあるきりで、警備員の仮眠室かなにかに入ってしまったのかと思いそそくさと立ち去った。入口で渡された冊子を見てそれがグレゴール・シュナイダーの作品だと知った。二〇一七年にベルリンのハンブルガー・バーンホフ現代美術館でおこなわれた企画展、「Moving is in Every Direction」展にはほかにも家具を用い居間やオフィスを再現したインスタレーション作品がいくつか出展されていた。そのなかでもこのシュナイダーの《u r 1 und 14, SCHLAFZIMMER》（一九八六–一九八八年）が異様だったのは、それが本当の寝室（Schlafzimmer）としか思えなかったからだ。ベッドだけがあるベッドルームというものは考えてみればとても不自然なのにもかかわらず。

クリストファー・クレンドラン・トーマスの《New Eelam》（アニカ・クルマンとの共作。二〇一六年）は展示室の床に二〇畳ほどの低い台座をしつらえ、そこにソファ、テレビ、スチールラックなどによって居間を作っていた。「新たなハウジングの形を展開する」ためのスタートアップでもある《New Eelam》プロジェクトのウェブサイトには「より多くの人々が世界全体を自分のホームにできるようにわれわれは世界中で互いに接続された共同体群をサポ

6 *Ibid.*, p. 125.

7 ゲシュテルについては以下を参照。マルティン・ハイデガー「技術とは何だろうか」、『技術とは何だろうか：三つの講演』森一郎編訳、講談社学術文庫、二〇一九年。ゲシュテルとインスタレーション・アートの関係については以下を参照。Juliane Rebentisch, *Aesthetics of Installation Art*, trans. Daniel Hendrickson and Gerrit Jackson, Sternberg Press, 2012, pp. 230–240.

8 マルティン・ハイデッガー『芸術作品の根源』関口浩訳、平凡社ライブラリー、二〇〇八年、一〇三頁。

ートする」と書かれている。[9] この作品を支えているのは情報技術によって家と世界を短絡させる、サイバー・コスモポリタン・おうち時間主義とでも呼べるようなビジョンだ。展示された居間は新しい生活様式のモデルルームであり作家のビジョンの隠喩だ。彼はインタビューでプロジェクトの目的を「ハウジング界の iPhone を作ること」だと述べている。[10]

それに対してシュナイダーの作品はあまりにシンプルで貧相で不気味に見える。この不気味さはベッドが誰かのものにしか見えないこと、つまりベッドがベッドとして使用されるものに見えることに由来するだろう。ベッドはそこで寝る者の存在を換喩するものだと思ったら作品だった。ベッドがベッドである所以が寝具であることにあるなら、実際はそれはベッドでさえなかったということになる。

この「ベッド」の来歴はきわめて奇妙だ。それはまずシュナイダーが自宅のなかに壁や床、天井を増設することで家の中の家を作り、あらゆる部屋を二重化しもとの部屋の縮小レプリカを作成したうえで、増設した部分を動かし段階的に家の中の家を変形させる作品《Haus u r》(一九八五年–)のなかの寝室にあった。さらにこれを解体、再構築し、二〇〇一年のヴェネチア・ビエンナーレで金獅子賞を受賞した作品《Totes Haus u r》がまた解体されたものがベルリンにあった作品だ。つまりこの「ベッド」は最初からベッドのレプリカとして用いられたものであり、言わばそこで寝るためのものではなく、それが置かれた場所を寝室にするための「ベッド」だということだ。[11]

ベッドはあるがそこに横たわるというアフォードは強くキャンセルされている。それは美術館に置かれた作品だからそうなのではない。《New Eelam》のソファが鑑賞者／潜在的ユーザーを温かく迎えていたのとも《Rosemary's Place》が家具とくつろぎを排していたのとも大きく異なり、それはまず他人のベッドとして、そして次にベッドですらない「ベッド」として現れなおす。

家具はフランス語でmeuble（動かせるもの）で、建物はimmeuble（動かせないもの）だ。DNの《Rosemary's Place》には家具がない。しかしインスタレーションである以上それはリテラルに不動のインフラなのではなく、事実この作品は異なる場所で展示されている。ひとつにはインフラ的なものへの要素の切り詰めによって、もうひとつには三次元空間の歩行と二次元の映像の視聴という要素のリジッドな分割によって、この作品はインスタレーション・アートがもつひとつの傾向の極限的なケースであるように思われる。経路があれば歩くこと、イメージやオブジェクトがあればそれを見ること、それ以外の行為は基本的に禁止さ

9 https://www.new-eelam.com（最終アクセス二〇二〇年五月一一日［二〇二四年現在は閲覧不可］）。

10 Christopher Kulendran Thomas and Alice Bucknell, "Conversations: Christopher Kulendran Thomas 'New Eelam: Bristol' at Spike Island, Bristol", *Mousse Magazine*, January, 2019. http://moussemagazine.it/christopher-kulendran-thomas-new-eelam-bristol-spike-island-bristol/（最終アクセス二〇二四年九月一〇日）。

11 《Haus u r》に始まる彼の作品群についてはシュナイダーが自作について一時間以上かけて語っている以下の動画が参考になる。"Gregor Schneider: Invisible Dead Room", YouTube, November, 2015. https://www.youtube.com/watch?v=8yKC9EaguDo（最終アクセス二〇二四年九月一〇日）。

れていること、こうした美術の制度的なルールとの共犯関係をアイロニカルに誇張していることも含めてホワイトキューブの中のこの真っ白なセットはインスタレーション・アートというものの複雑な立ち位置を示している。それは現代的なゲシュテルの様態をゲシュテルによって可視化するという循環に巻き込まれている。

トーマスの《New Eelam》には家具がある。作品はリテラルに販促の仮設展示場であり、IKEAの店内のひと区画を占めていてもよいようなものだ。いっそのことそちらのほうがクリティカルだろうとさえ思う。こちらは新たなゲシュテルのありかたを示すことで現行のゲシュテルを批判するという企図をもっている。映画をもとにした《Rosemary's Place》がある種の仮想現実であったのとはべつのしかたでこの作品も仮想現実であり、その現実性は家具によって作られている。それは鑑賞者にそこが家だと思い込むことを要求する。Eelam(イーラム)がスリランカからの独立を宣言し武力闘争の末に消滅した共産主義的な国家の名であることに鑑みれば多分にユートピア的かつノスタルジックな傾向を見てとることができる(作家はロンドン生まれのスリランカ系イギリス人だ)。しかしこうした傾向がつねにそうであるようにこの作品にはEelamを建国したタミル人が受けていた差別の痕跡も彼らとスリランカ政府のシンハラ人勢力との血生臭い戦争の痕跡もない。Eelamという語が作家による洗練されたロゴに還元されてしまったかのように。Vimeoにあるこのプロジェクトのプロモーション映像は「音楽や映画のように家がストリーミングできたらどうですか」という惹句とともに始まる。冗談みたいだし冗談だったらいいのにと思うがそういうことでもないらしい。

シュナイダーの《u r 1 und 14, SCHLAFZIMMER》および本作にいたるプロセスは、家具を排し制度の批判的鏡像になるか家具によってオルタナティブの提示を目指すかという二者択一に収まらないように思われる。この作品の「ベッド」がそこで寝てよいものに見えないのは美術の制度があるからではなくベッドにしか見えないからだ。しかしそれはあるひとつの家がその家の中で複製されつつ変形していった結果の断片であり、これが置かれた部屋のドア、壁、床、天井にも作家の操作は加えられていただろう。本作（「Moving is in Every Direction」展のバージョン）に関してたしかなことは言えないが、作家はこのシリーズで移設先の空間を二重化しもとの設備とのあいだに分厚い吸音材を敷き詰めたり、陽光を模したランプを窓の外に置いたり、気づかれないほどゆっくりと天井を上下に動かす装置を用いたりしている。こうした操作によって試みられているのは「なにかの中にいる」ということの脱臼だと言えるだろう。美術館の中にいる、と思ったら寝室の中にいる、と思ったら作品の中にいるがそれは家の中の家が解体され移設されたものだ。パブリックな制度から弾き出されたと思ったら他人のプライバシーを見たと思ったらそこからも弾き出されその先に作品という事実との出会いがある。それはこの作品のプロセスがそうであるように、相対的かつ人為的な外部／内部の対立を超えた運動に身を任せている。ドゥルーズであればそうした運動を「内在」と呼ぶだろう。

DNとトーマスの作品がそれぞれのしかたで仮想現実的なものであったように、クレア・

ビショップの『インスタレーション・アート』はこの表現形式の特徴を「モデルとしての主体」（制度と作品が構造として要請する主体）と「リテラルな鑑賞者」（個々の鑑賞者の直接的な経験）の分離と重ね合わせにあるとし、これはフォーマリズムおよびモダニズムへのカウンターとして機能すると述べている。[12] しかし同時にこれは「なにかの中にいる」ということの確かさに依存したものだと言えるだろう。実際に彼女はインスタレーション・アートが鑑賞者の物理的な没入を要件とした形式だということから論を起こしている。シュナイダーの作品が攪乱しているのはまさにこの確かさであり、鑑賞者は制度からも能動性からも弾かれ受動的な「たんなる鑑賞」、いわば鑑賞の融点であり氷点であるような地点に置かれる。それはビショップが批判するモダンでフォーマリスティックな作品の絶対的な現前を前提にした制度と鑑賞者の主体性の滅却とはなんの関係もなく、むしろ現前と主体性の不確かさから生まれるようなものだ。

「不気味さ（Unheimlichkeit）」はこうした状況を示すのに便利なドイツ語だ（「住まい（Heim）」から派生した「馴染みの（heimlich）」という形容詞に否定の接頭辞をつけ名詞化したもの）。東浩紀の「サイバースペースはなぜそう呼ばれるか」は不気味さと空間の関係について論じた特権的なテクストだと思われる。

デカルトは、シミュラークルの場と非シミュラークルの場、世界（構成されるもの）と主体（構成するもの）との境界を絶対的に維持して、『省察』を記した。主体の「一にして全体的な」「分割不可能性」はその壁により保たれる。対して「フィリップ・K・」ディックは、シミュラークルに、世界と主体とがともに複数化する契機を見いだしてしまう。これは、彼の小説が、構成される世界と構成する主体との区別をもはや認めないことを意味する。そこではシミュラークルは、主体が構成した世界平面の中にもはや収まらず、逆にその構成作用そのものを脅かす働きをもつ。不気味なものは、コギトの壁そのものに穴を穿つのだ。[13]

東がデカルトに見いだす主体と世界の分割はDNとトーマスの作品がともに仮想現実的なものであることとパラレルだ。同書の東の言葉を借りればDNは鑑賞者に「象徴的同一化」を、トーマスは「想像的同一化」を促すものと考えられるだろう。ビショップの「モデルとしての主体」と「リテラルな鑑賞者」もそれぞれに対応する。デカルト的な世界と主体の分割を「なにかの中にいること」の絶対性にパラフレーズできるだろうし、ディックの小説から説明されているシミュラークルの機能に類するものをシュナイダーの「ベッド」に見ることもできるだろう。たんなる経路とデータの集積と二次元のインターフェイスの組み合わせ

12 Claire Bishop, *Installation Art: a Critical History*, Tate Publishing, 2008, pp. 130–131.

13 東浩紀「サイバースペースはなぜそう呼ばれるか」、『サイバースペースはなぜそう呼ばれるか+』、河出文庫、二〇一一年、四九頁。

にすぎないものを「サイバースペース」と呼ぶ隠喩の作用はこうした不気味なものをキャンセルすることによって成立している。おもしろいことに東はこのことを「悪魔祓い」というデリダの概念を引いて次のように述べている。

空間の成立は悪魔祓いを前提とする。ネットワークが「空間」と見なされ、情報の束が場所論理的に（topo-logical に）配置されるためには、まず最初になにものかが祓われ、ネットワークの場が均され整えられる必要があるのだ。本論はそこで祓われたものについて考える。つまり私たちは、サイバースペースに宿るであろう、空間《スペース》化を逃れる要素について考える。[14]

ここに経路とクラスターという換喩による清潔＝自粛／不潔＝不謹慎の分割、その究極的なバージョンとしての地球平面説、インスタレーションをめぐるアンチ・フォーマリズム的な実践と言説が結線する。同時に気になってくるのは、ここでは隠喩的でないリテラルな実体とされるネットワークは本当にそのようなものとして考えることができるのかということだ。つまりこのテクストで、隠喩でしかないものとされるカギカッコつきの「空間」というもののリテラリティはネットワークに還元可能なのだろうか。新型コロナウイルスをめぐる状況にせよあるいは喫煙者排除の傾向にせよ、むしろ拡がりとしてのリテラルな空間を抑圧して、壁や経路やキャリアーといった換喩の総体によって構成される隠喩としての「ネットワーク」に依存しているように思われるからだ。どうしてこのテクストではつねに空間化と隠喩化はイコールでつながれたものとして考えられているのだろうか。隠喩でない空間などなく、ネットワークとその綻びに潜む不気味なものだけが存在するのだろうか。

話をたんなる状況論に回収してしまわないようにしよう。おそらくこの問いは東がいまにいたるまで一貫して鍵概念として用いている「誤配」というものに関わっている。彼の最初の著作であるデリダ論『存在論的、郵便的』の図式を大急ぎで辿りなおす。

まず不気味なものがない悪魔が祓われたネットワークを想定する。そこで主体と世界の同一性は保証され、主体のあいだのコミュニケーションは同一性を保ったメッセージの純粋な経路を通した交換として考えられる。しかし事実を見ればそこここであらゆる種類のミスが起こる。彼らはこうしたミスを説明するために理念的な水準と実際的な水準を区別する（本書ではそれぞれ「メタレヴェル」と「オブジェクトレヴェル」と呼ばれる）。理念的には手紙は純粋なかたちで書かれ届き読まれるべきだが実際的にはそうもうまくいかない、と。この実際上のままならなさは道徳や知性の欠如として考えられ、理念の純粋性は護られる。こ

14　同上、二五頁。
15　東浩紀『存在論的、郵便的――ジャック・デリダについて』、新潮社、一九九八年、二四一頁。ここで岡崎乾二郎によるクリスチャン・ボルタンスキーのインスタレーション作品批判が取り上げられていることはわれわれの観点から見て興味深い。

れは本書で「形而上学システム」と呼ばれるものだ。[15] 手紙は必ず届く。届かねばならない。

するとそれではそうした理念はいったいどこからやってきたのかということが気になってくる。それは神によって初めから作られていたのでなければ人間が作ったことになるだろう。しかし実際的には世界の一部である人間が理念的には世界を構成する主体でもあるというこの構造をどのように考えればよいのだろうか。この構造はふたつのステップに分けて説明される。まず人間には根本的にある限界が備わっているということを認める。そしてこの人間の外部を「不可能なもの」として名指すことで実体化する。人間という存在はこの「不可能なもの」への自覚によって定義されるとともに、同時に「不可能なもの」という名によって外部への開かれは塞がれることになる。つまりこの名は「「どこにも届かない」という場所に届く」という特権的な位置をもつ。[16] この唯一かつ分割不可能な内容のない手紙＝名＝「不可能なもの」の存立が、実際上の手紙のやり取り＝コミュニケーションの成立を基礎づける。これは本書で「否定神学システム」と呼ばれるもので、ゲーデルの不完全性定理、（前期）ハイデガーの存在論、ラカンのファルス論、ジジェクの固有名論などに見いだされる。実際上の手紙は完全で理想的なコミュニケーションを可能にしないが、その不可能であることは単一の空虚な理念に回収される。

東がデリダに見いだす「郵便的脱構築」はこのふたつのシステム（それはふた通りの共同体論でもある）を乗り越えるためのものだ。たとえばアウシュヴィッツというものの「表象不可能性」によって立ち上がる否定神学的な共同体論を批判する文脈で東は次のように述べる。

ならば**彼らは何故その名**［アウシュヴィッツという名］**を知っているのか**。そこでは名の伝達経路が問われねばならない。彼らにその名が伝えられたのはごく単純に、アウシュヴィッツが完全な消滅に、ハンナ・アーレント言うところの「忘却の穴」に陥らないですんだからである。［…］とすれば私たちが直面すべきは、むしろ、何故それが［＝殺されたのが］**この**ハンスでなかったのかという問いである。アウシュヴィッツについてのさまざまな記録を読めば分かるように、その選択はほとんど偶然で決まっていた。あるひとは生き残り、あるひとは生き残らなかった。ただそれだけであり、そこにはいかなる必然性もない。［…］真に恐ろしいのはおそらくはこの偶然性、伝達経路の確率的性質ではないだろうか。ハンスが殺されたことが悲劇なのではない。むしろハンスでも誰でもよかったこと、つまりハンスが殺されなかった**かも知れない**ことこそが悲劇なのだ。[17]

郵便、そして誤配という概念がデリダのテクストにおいて重要になるのはまさにここでネ

16　同上、一一七頁。
17　同上、六〇－六一頁。

ットワークの不完全性が問題になるからだ。「ごく単純に」手紙は届いたり届かなかったりする。そして東が述べるようにそれは大文字の「不可能なもの」がひとつあるからではなく、たんにそのつどの送付の脆弱さが手紙を行方不明にするからだ。「不可能なもの」が単一の実体としてあるのではなく、届かなかったかも知れないということの不気味さがそのつどの届いた手紙に張りついている。このごく単純で唯物論的な事実（あらゆるメッセージは物質化されている以上毀損・誤解されうる）はどのような哲学的な帰結をもたらすのだろうか。

さて私たちがここで注目すべきなのは、ハイデガーがまた、テレコミュニケーションの発達がその隣接性［＝世界の現存在（人間）への近接性］を強化すると考えていたことである。例えば彼は、ラジオを「遠隔性の除去 Entfernung」の例として挙げている（『存在と時間』第二三節）。しかしながらここまで検討してきたように、私たちのパースペクティヴにおいては、現存在が面する内世界的存在者の総体、ハイデガーの術語で「現Da」と呼ばれる「世界」そのものは、複数の回路とリズムとを通過したハイブリッドな情報の束で構成されていると捉えられる。現存在に隣接する Zuhandensein は、それぞれ異なるセリーを通過してきた。とすれば私たちはここで、遠方（fort）と近方（da）、あちらとこちら、つまり Vorhandensein と Zuhandensein との**あいだ**に広がる郵便空間をこそ考慮せねばならないことになるだろう。テレコミュニケーションの発達は確かに遠隔性を取り除く。しかし問題はその取り除くリズム、つまり遠方の Vorhandensein が

（ラジオなどを通って）現存在の近くまでやってくる速度なのであり、またそこで必然的に起きる異なる速度間の衝突、ずれなのだ。[18]

ここで東はハイデガーのテレコミュニケーション観とそれと相関する存在論を批判している。『存在と時間』のハイデガーはテレコミュニケーション技術によって、遠くにあるものを近くに手繰り寄せることができるようになり、すべては「客体的存在者＝手の前にある存在（Vorhandensein）」から「用具的存在者＝手のもとにある存在者（Zuhandensein）」になるだろうと考えている。このアイデアがのちの「ゲシュテル」という概念に引き継がれると考えてよいだろう。しかしその手繰り寄せは、実際には複数あるあちらからこちらへ繋がる経路それぞれの距離と速度の差異を捨象することによって初めて成立する。手紙はごく単純に毀損されうるだけでなく送付にはごく単純に、そして必然的に時間がかかる。誤配はたんに手紙が無くなったり間違った場所に届いたりすることではなく「届かないかも知れない」ということ自体によって引き起こされる世界と主体それぞれの引き裂かれ、そして「不可能なもの」の複数化を示している。

このハイデガー批判は先に触れた「サイバースペース」という隠喩化＝空間化への批判に

18　同上、一八二頁。

対応しているだろう。それに触れたとき浮かんだ問いに戻る。隠喩でない空間などないのだろうか。隠喩化を経ない空間はネットワークの不確実性としてネガティブに規定されるほかないのだろうか。[19] この問いは東のテクストにおける「確率」というものの立ち位置に関わっているように思われる。誤配は確率的なものなのか、偶然的なものなのか、可能的なものなのか。引用したアウシュヴィッツについての一節からも、以下に引用する箇所からもその明確な答えを見つけることは難しい。

第三に幽霊への応答、「メシア的なもの」あるいは「約束」と呼ばれる希望の地平（第一章の表現で言えば条件法的未来）が、「おそらく peut-être」と呼ばれる様相性＝確率の位相で開かれるということ。［…］その位相は唯物論的には、前章で検討したように、ネットワークの不確実性、「届かないことがありうるということ pouvoir-ne-pas-arriver」の効果として生じている。デリダは「歴運 Geschick」のハイデガー的観念を「送ること schicken」から再解釈し、そこに誤配可能性を読み込む試みを幾度か展開しており（ドイツ語 Geschick は文法的には「送られたもの」を意味する）、それを参照すれば peut-être はまた「確率存在」とも訳出できるだろう（フランス語 peut は「ありうる pouvoir」の変化形）。現存在の「現」を「確率」に置き換えるその作業は、Da をネットワークに読み換える「ユリシーズ・グラモフォン」の提案と理論的に等しい。[20]

東が「ありうる」と訳しているpouvoirは英語ではおおむねcanに対応する語だ。したがって主語が非生物であればなおさら「ありうる」と訳すのは自然だ。しかしそれを「確率」の問題にスライドしてしまってよいかどうかはべつの問題ではないだろうか。なぜなら確率(probability)というものはありうべき(probable)出来事のパターンが出揃って初めて考えられるものであり、言い換えればネットワークあるいは経路というものの存在を前提にして初めて考えられるものだろうからだ。「ありうる」ということを確率的なものへと絞り込むことで生まれた東の批評的・思想的な達成を疑うことはできない。それは最初期のソルジェニーツィン論からオタク論、動物論、データベース論、団地論、アーキテクチャ論、観光論、家族論そして株式会社ゲンロンの経営まで含めて「誤配」という概念とほとんど同等の広がりで彼の仕事を貫いているだろう。

しかしやはり空間のことを考えてしまう。ネットワーク以前の拡がりのことを。接触が輪郭に先立つようなレベルのことを。これを初手から偶然性として考えるといきなり存在論に

19 『存在論的、郵便的』刊行時の田中純との対談のなかで、東は「郵便空間」についてそこで「空間」という隠喩を用いたことを後悔していると述べている(東浩紀「交通空間から郵便空間へ——田中純との対談」、『郵便的不安たち』、朝日新聞社、一九九九年、四二六頁)。隠喩としての「空間」は内と外の分割を含み込んでしまうから、という理由だが、そこでも内も外もないたんなる拡がりとしての空間はそもそも想定されていないように見える。

20 東浩紀『存在論的、郵便的』、一六八頁。

足を突っ込まざるをえなくなってしまう。東に倣ってごく単純にそして唯物論的に考えることから始めよう。それには可能性という様相から、あるいは能力というものから始めるのがいいように思う。「ありうる（pouvoir）」は「できる（pouvoir）」でもある。

ベルクソンは『物質と記憶』で「**私の身体を取り巻く諸対象は、それらに対する私の身体の可能的行動を反映している**[21]」と述べる。これはつまりある段差が「座られうる」ものとして知覚されたり「登られうるもの」として知覚されたりするようなことを示している。生物が無生物と異なるのは知覚と行動の連携によって「選択」することができるからだ。可能であるということは必要であるということを意味せず、椅子は座っても座らなくてもいいし階段は登っても登らなくてもいい。「可能（possible）」なものは「パスできる（passable）」ということだ。ここから始めよう。

可能なものはパスできるということは、当たり前だが生物は可能なすべてのことを選択しているわけではないということを意味する。そもそもそうなると選択とは呼べない。数えようもないが可能な行動の総数より実際に選択した行動のほうがずっと少ないだろう（神経系の発達にしたがってその割合はどんどん下がるだろう）。

［…］私が私の身体と呼ぶイマージュの役割とは、他のイマージュに本当の意味での影響を及ぼすことであり、それゆえにまた、実際に物質界で可能な複数の行動のあいだで自ら決定することとなのだった。しかも、これらの行動はおそらく身体が周囲のイマージ

ュから得られる利益の多少に応じて示唆されてくるだろうからには、周囲のイマージュは何らかの仕方で、それらが私の身体に向けている面において、私の身体のほうがそれらから引き出しうる利益を描き出しているはずである。[22]

知覚において可能な選択肢が浮かび上がり、行動においてそのうちのいくらかが現実的に選択される。私の身体は「非決定性の中心」とも「行動の中心」とも言われるが、これは身体の微妙な立ち位置を示している。それは複数の可能なものに引き裂かれる遠心的な傾向と選択＝行動によって中心化する傾向に板挟みにされている。

そしてベルクソンが「純粋知覚」と呼ぶものは、知覚／行動という相反する傾向を極限まで前者に振ったものだ。そこでは行動可能性・選択可能性が干上がるとともに、知覚は私の身体という尺度に依らないものになる。ベルクソンは知覚対象がある場所に私があるとまで言っている。そこからネットワークが立ち上がるところのものである拡がりとしてリテラルな空間を考えるということは、純粋知覚から「行動の中心」としての身体への移行を考えることであるだろう。しかしその途上にある、知覚による選択肢の乱反射としての「非決定性の中心」こそが可能性というもののありかたを示しているのではないだろうか。それは「し

21　ベルクソン、前掲書、二六頁。
22　同上。

なければならない」あるいは「したほうがよい」行動の手前で「してもしなくてもいいこと」に包囲されている。もしこのような不純な状況を純粋に取り出すことができるとするならどうだろうか。

これはインスタレーション・アートにおいてフォーマリズム（主体性の滅却）でも制度批判やアクティブあるいはインタラクティブな鑑賞（なにかの中にいるということの絶対化）でもなく、なにかの中にいるということの不確実性を考えるということとひとつながりになっている。「ありうる（pouvoir）」ということを、「ある／ない」の決定（それが事後的なものであれ束の間のものであれ）において考えるのではなく、「あってもいいし、なくてもいい」という非決定においてポジティブに考えること。この差異はドゥルーズ（とガタリ）の概念で言えば「離接的綜合の排他的用法（あれか、これか）」と「離接的綜合の包括的用法（あれであれ、これであれ）」の対立にあたる。[23]

そして可能なものを主体の中心化の契機としてでなく世界への霧消の契機として考えることとは、換喩というものの排他的でない用法を考えることにつながるように思われる。窓に映った光は太陽の換喩なのだろうか詩人の換喩なのだろうか。

彼はたしかにその詩人ではないのだが、貞久秀紀の詩「道草」[24]を引用する（スラッシュによって改行を、二重スラッシュによって連の移行を示す）。

なんとなくしゃがみ／ぼんやりしていると草がみえていた／草があればなんとなく余所

見をしていたり／余所見をしたところに草があらわれ／生えていたりした／おい、どこをみているのだ／とよばれた方をみてもその人はみえてこない／といって／その人はそこにいて／おい、とよび／しだいにみえてくる／といって／遠くでも／近くでも／ないところにあらわれた／草をみるためや／しゃがむためではなく／なんとなく歩いてきてぼんやりしゃがんでいる／と／草があらわれ／おや、／草のなかにしゃがんでいたのだな／といって／むかしからしゃがんでいるはずもなく／いつからか／おもいだそうとするうちになんとなく／上をむいてしまい／空／が／青青とあらわれていた／／朝夕／顔をあらうたびにどこかを洗顔していた

この詩はあったりなかったりすること、したりしなかったりすることを、同じ語の時間的・空間的に異なるアングルからの反復によって連鎖させ、「本当の意味で」なにがありどの行為がなされたのかということを宙吊りにしている。「ぼんやり」「なんとなく」「ためではなく」といった語によって選択の意思の存在が否定され、「遠くでも近くでもない」ところ、fort でも da でもないところからの呼びかけに詩人（本人としておく）は応えられない。冗語は「青青」に極まり、「顔をあらうたびにどこかを洗顔していた」はその乱反射を身体

23　ドゥルーズ＆ガタリ、前掲書、上巻三三頁。
24　貞久秀紀「道草」、『石はどこから人であるか』、思潮社、二〇〇一年。

にまで、しかもその同一の部位にまでおよばせている。彼の主体性はそのつどの対象や行為にくっついたもの、つまりそれらの換喩として感じられるがそれは一向に中心化しないので詩の総体は隠喩化せず、空間は抑圧されない。[25]

ここまで考えてきたことからわりあいシンプルな図式を取り出せるだろう（下図）。

第一の系列において悪魔祓いによって空間は均され、諸々の換喩は排他的に機能し（あれか、これか）、その総体がネットワークとして陰謀あるいはゲシュテルというかたちで隠喩を成立させる（そしてこの隠喩が空間と取り違えられる）。

第二の系列において隠喩化は不気味なものたちの引き裂かれによって阻まれる（ネットワークの不完全性）。しかしこれをポジティブに捉えるなら、換喩が包括的に機能し（あれであれ、これであれ）拡がりとしてのリテラルな空間は抑圧されない。

ついでにふたつの系列それぞれによって作られる主体のありかたの差異についてもはっきりさせておこう。第一の系列において主体は「ルアー（疑似餌）」的なものになる。それは排他的な換喩群が二者択一を迫る「本当」に釣られた主体であり他

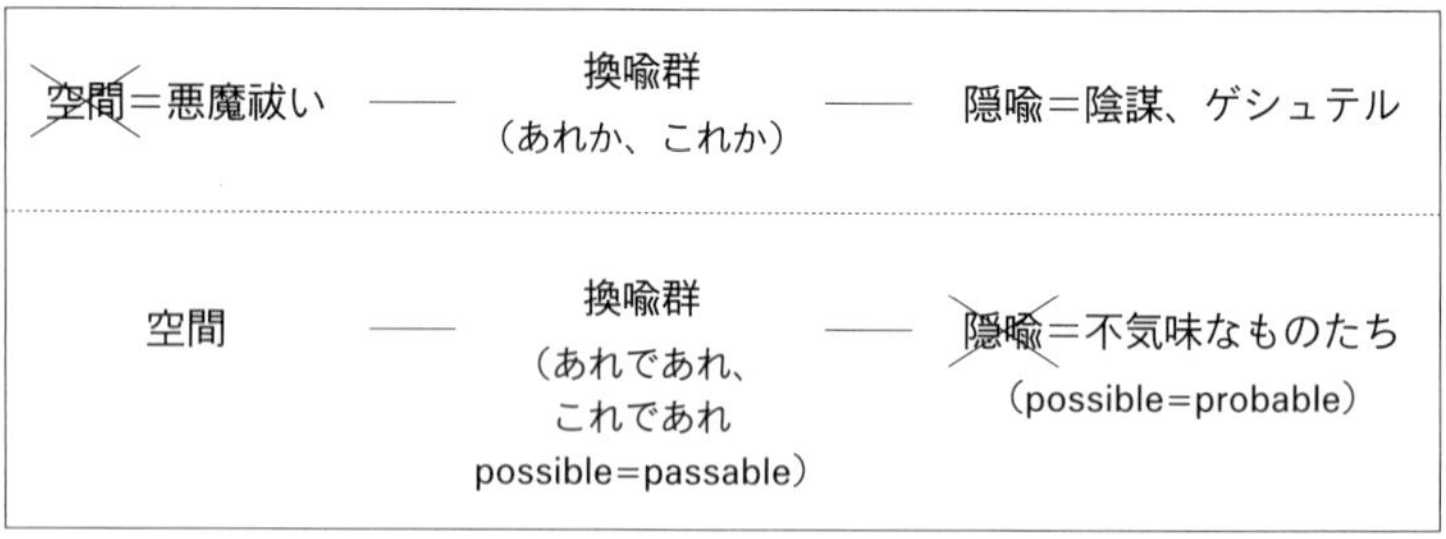

者をその「本当」に釣り込む主体だ。そのネットワークは大仰な言いかたをすれば「存在論的フィッシング詐欺」とでも呼べるようなものだ。そして第二の系列において主体は「デコイ（囮）」的なものになる。デコイは逃走のための道具だ。包括的な換喩群は私がいずれにいるのかということを非決定にするだけでなく、私を私の影武者にするような多重化を可能にする。それはベルクソンの「イマージュ」がそうであったように存在論／認識論の二者択一さえ有耶無耶にしてしまう。

空間とはpossibleなものの空間であり、それは放っておけるということと（あてもなく）通過できるということにおいてpassableだ。そもそも可能と不可能は対称な関係にない。不可能なものは絶対にできないが、可能なものはありうるがそれはたんにありうるだけだ。そこにはミニマムな複数性がすでに埋め込まれている。そしてそのつどの可能なものに私がくっつき、それとともに私は「いてもいいし、いなくてもいい」ものになる。パンデミックによってどこにいてもそこが「いるべき場所」か「いてはならない場所」のいずれかでしかないような状況において、あるいはもっと広く、つねにSNSやGPSや閲覧・購買データのトラッキングによって「そこにいるのかいないのか」、「どこから来たのか」と探られるよう

25　阿部嘉昭は現代詩を隠喩的にではなく換喩的に読むことを試みており、貞久は換喩詩の特権的な詩人のひとりとして考察されている。『詩と減喩――換喩詩学II』（思潮社、二〇一六年）に収録された貞久についてのふたつの論考と両者の対談を参照。

な状況において求められるのは、どこへ行ってもおなじだという居直りでも、ユートピアとセットになったグローバリズムでも、あるいは独りで閉じこもるプライバシーの権利主張でもなく、いてもいなくてもよくなることではないだろうか。

スモーキング・エリア#2
音響空間の骨相学

うちにはスピーカーがひとつある。Bose の SoundLink Revolve という機種で少し先細りになった円筒形の、充電・防水機能がついた持ち運び可能なスピーカーだ。アマゾンやグーグルやアップルが出している「スマートスピーカー」のように話しかけることはできないけど、気になるのはこれらのどれもが円く、モノラルでの聴取を前提としていることだ。スピーカーは棘皮動物に「退化」してしまったのだろうか。それはウニやヒトデ（あるいはテッド・チャン「あなたの人生の物語」のヘプタポッド。彼らは時間的方向感覚さえもたない）のように全方向的で、聴取者がどこにいるのかということに頓着しない。もちろん距離と音量による制限はあるがアパートの部屋のなかであれば基本的にどこにいても聴取の質は変わらない。

音響にこだわる者は椅子に縛り付けられてきた。それは箪笥あるいは祭壇のようなスピーカーの前のソファに沈み込む音楽愛好者の場合にも、ホームシアターで卒塔婆のようなスピーカー群の配置に腐心し音の定位にこだわるほどに自身も定位される映画愛好者の場合にも当てはまる。

まあ、僕は僕で音響にこだわることで椅子に縛り付けられてもいる。半年くらい前からプレステ4でFPS（First Person Shooter）のゲームを遊ぶようになった。このジャンルのゲームをモノラルやステレオの音響でプレイするなんてもってのほかで、銃声や足音などの定位ができなければ九〇度ほどの狭苦しい視野をぎくしゃくと動かしているプレイヤーたちのあいだで圧倒的に不利になってしまう。FPSゲームの画面の中心にはレティクルと呼ばれる小さな点が打たれていて、プレイヤーは音と周辺視野で索敵をするという意識と、キャラの身体でなくレティクルを動かしてトリガーを引くという中心化され点にまで縮減された意識、このふたつを体得したうえで並走させなければならない（三人称視点のTPSより一人称視点のFPSのほうがキャラの身体への没入感が希薄というのは考えてみれば不思議だ）。

ゲームの側に畳み込まれた3Dの音響情報を十全に（部分的に誇張して）出力するための専用のヘッドホンやミックスアンプがeスポーツプレイヤーや有名実況者を広告塔にして売られている。サウンドアーティストをやっている友人の大和田俊にこういう話をすると、3Dオーディオのフォーマットには大きく分けて「オブジェクトベース」のものと

「シーンベース」のものがあると教えてくれた。自分なりに調べたこともあわせて整理すると、オブジェクトベースの音響は点としての仮想音源とその移動を仮想空間上に割り当てることによって作られ（ゲームやAR映像と相性がいいだろう）、シーンベースの音響は主に四つの指向性マイクによって収録された音を仮想的に合成し均すことで作られる（全天球カメラやVRの映像と相性がいいだろう）。前者では音源が球の中心点になり、後者では聴取者が球の中心点になるわけだ。

これに加えて、ASMR動画の収録などによく用いられる「バイノーラル」音響は人間の聴覚が外耳や顔の反響によって定位をおこなっていることに着目し（頭も耳！）、ダミーヘッドと呼ばれる人形の耳の部分にマイクを設置して3Dの音響を作る。仮想空間のなかに仮想ダミーヘッドを置くこともできるだろう。音源あるいは音場の中心化と反響板としての身体表面の音響的スキャニング。こうした新たな音響のありかたは機器を据え置くほどに自身も据え置かれるという関係を脱してはいるものの、定位は仮想空間上に移っただけとも言える。出力機器はウェアラブルになり閉じられた理想的な音響室は身体に貼り付き、音はなおさらその触覚的な距離――見えない敵との、あるいはマイクに吹きかけられる配信者の息との――の測定に取り憑かれている。

たとえば面を動かし点で撃つことの疲れはASMRで癒されるのだろうか。それは別の疲労への移行でしかないだろう。それは本来ありもしない音の「輪郭」を視野の外に聴くか、自分の身体表面に聴くかの違いでしかない。あるいは音源、音場、身体を貫くひとつの〈振動〉こそが音の実在なのだと言ったところでそれは三つを仮想的に閉じた項として扱うこととおなじくらい「知的」な操作だ。そして三項の相互浸透のなかには、音が聞こえるということの入る余地はないだろう。音は振動によって聞こえるがわれわれは振動を聴くわけではないからだ（大和田さんはこのアポリアの解体に取り組んでいるように思える）。

なんだか手に負えない話になってきたので最初の疑問に戻る。なぜうちにあるようなスピーカーは円く、モノラルなのか。これは居住空間から据え置かれた正面というものが消滅したということに対応した変化なんだと思う。オーディオマニアックな空間からも、かつてはテレビを中心としていた団欒の視聴覚空間からもいまや正面性は消え失せた（美術の展示空間にもこういう変遷はあるだろう）。空間の体軸は湾曲し、ひとつの動画なりタイムラインなりを見ながら机からベッドへ、換気扇下（前回参照）へと小規模に徘徊しながら「スマホ首」をこわばらせている。

ビデオゲームを始めてからゲーム実況の動画も見るようになった。いちばん好きなのは弟者《おとじゃ》というひとだ。声優の大塚明夫そっくりのいい声で、多くの他の実況者のような暴言も吐かないし下品なことも言わない。彼はプレイヤーとしての発言とキャラを演じるような発言を自然に行き来する。たぶんゲームが楽しいのはこの行き来があるからで、勝てるプレイとゲームの世界への没入のいずれに偏ってもゲーム的な楽しさは損なわれてしまうだろう（アクションRPG的なゲームにおける戦闘／探索／ムービーという分割はこれをあらかじめ時間的に配分する）。

楽しくやっているところを見せてひとを楽しませるなんて、なんて素晴らしいことなんだと思う。その楽しさは出たり入ったりできるということにあるだろう。弟者の動画をパソコンで流しながら音をくだんのスピーカーで流すとき、彼の出入りが作る楽しさは僕の出入りのもとに組み換えられる。というのも、さっき言ったような実況スタイルによって動画は聴くだけでもよいものになり、小規模な徘徊はその小規模な徘徊としての純粋性を恢復するからだ。頸椎は眼と手の接近と相関する視聴覚空間の中心化という二重の巻き込みから解放され、頭部は大地と関係しなおす。

サティの「家具の音楽」にせよイーノの「アンビエント・ミュージック」にせよ、それが名に冠しているとおりの効果を与えるかどうかは音楽の内容以上に出力環境に強く依存するだろう。とてもじゃないが定位コンシャスの音をそのように出力してそれがアンビエントになるなんて思えない。音がわれわれを定位から解放するとき、あるいはそれが可能であることをどこからともなく囁き続ける限りでそれはアンビエントであり、われわれの手のなかに滑り込んできた小さな正面性を出入り自由なものにしてくれる。

コントラ・コンテナ

――大和田俊《Unearth》について

治療はそれ自体で症状とは別の痛みを生じさせるが、麻酔によって知覚が人為的にキャンセルされると、私の口内環境は物の集合として扱われることが可能となる。治療が終わってしばらくすると麻酔の効果は減衰し、弾性的に日常が回帰する。ここで思い出されるのが、二〇〇〇年代初頭のソフトウェア・シンセサイザーだ。現在にくらべて非力な当時のパーソナル・コンピュータ上では、発音命令から実際の発音までに、音響合成のための演算が行われることによる遅延が生じる。[1]

局所麻酔による痛みの遅れと、われわれの耳で判別できなくなりはしても原理的には今後も解消されないであろう「打鍵」から発音までの遅れ。この遅れのなかで人体は局所的に物

1　大和田俊「歯科治療をへて」、『新・方法』第六三号、二〇一八年、http://7x7whitebell.net/new-method/bulletin/b063_j.html（最終アクセス二〇二四年九月一〇日）。

になり、機械は演算を行う。「ここで思い出されるのが」と唐突になされるこの奇妙な想起＝重ねあわせに相当するものが、大和田俊による「歯科治療をへて」と題されたこの二〇一八年のエッセイと、このたび小山市立車屋美術館で行われた個展「破裂 ＯＫ ひろがり」のあいだにも見あたるだろうか。

大和田は点滴袋から酸の水溶液を垂らし、石灰岩が溶解する音を集音し聴かせる《Un-earth》（口絵1）によってもっともよく知られているだろう。大地 earth に否定の接頭辞 un- が付いたこの語は「掘り出す」あるいはそこから派生して「暴く」といった意味をもつ動詞で、成り立ちも意味も“discover”という語に近い。異なるのは後者において取り去られるのは目的のものを隠す覆いであるのに対して、前者において取り出されるのが目的のものであるという点だ。本作が掘り出しているのはまず音であり、微生物の化石が溶かされ二酸化炭素を発生させる無数の微小な発泡の音だ。

しかしこれは名目的な事柄であって、実際にその音が聞こえるためには多くの条件を満たさなければならない。溶解により変形する岩と酸の飛沫によって故障する可能性のあるマイクは理想的な位置関係を逃れ続け、周囲の音、マイク－スピーカーの音量比、鑑賞者の位置や聴覚は、たとえ何かが聞こえてもそれが当の発泡音なのかどこかの段階で入り込んだノイズなのかを判別できなくする（とりわけ発泡音と機材由来のノイズを判別するのは難しい）。例えばいずれも二〇一七年のグループ展である「Malformed Objects」（山本現代）や「裏声で歌へ」（小山市立車屋美術館）で制作された本作のバージョンが、壁に固定されたスピーカーに耳をくっつけて聴くという接触的な聴取の形態を採用していたことには、不確定性を増大させる空気という要素を可能な限り切り詰め、マイクと岩のあいだと耳の中の空間にそれを縮減させる態度を見て取れる。しかし同時に、その操作により鑑賞者の身体は壁に対して水平に固定され、部屋の中心に置かれた石やマイクをまっすぐ見ることができなくなってしまう。追い払われたかに見えた空隙は、今度は一方は頭の前に、他方は両横に付いている視聴覚器官のあいだに滑り込む。

見えるときに聞こえない音と聞こえるときに見えない発音体とのすれ違いを調停するために、この作品についての名目的な概説にあらわれる言葉、二億数千年前の微生物の死骸だとか、化学反応による空気の組成の変化だとかいった、直接経験することのできない時間や状態についての言葉に寄りかかるべきなのだろうか。その場合われわれは、発音と聴取のあいだの空隙や視聴覚のすれ違いを言葉によって均し、空間および耳と眼の距離を縫合しなおすことになる。いま聴き、かつ見ているのはそういうものだと、岩や酸を鉤括弧に入れて。[2] しかしそれは"unearth"という語が指し示すフィジカルな操作を裏切ってしまうことになるだ

2　ジル・ドゥルーズは諸感官の協働を無批判に前提する「共通感覚 sens commun」を批判し、その手前にある「逆‐感覚 para-sens」における感官ないし知的、身体的諸能力の発散を論じた。彼の『差異と反復』(財津理訳、河出文庫、二〇〇七年、第三章)および『シネマ2＊時間イメージ』(宇野邦一他訳、法政大学出版局、二〇〇六年、第九章)を参照。

ろう。本作はこの両義性と隣りあわせであり、そのこと自体が魅力として機能してきた部分もあるにしても、このたびの「破裂ＯＫひろがり」のバージョンはそれを振り切っているように思われる。

しかしその前に、二〇一八年の阿児つばさとの二人展「真空ろまん」では、《Unearth》はそもそも聞こえるわけがないというステップを通過している。本展は京都のアートホテルkumagusukuの中庭で開催された。つまりそこには天井がない。セメントの床に置かれた岩に以前のように点滴とマイクが向けられており、いちおうスピーカーは比較的静かな室内の壁に設置されていた――やはり聴いているとき岩は見えない――が、発泡音を拾うほどのマイクが野外の環境音の干渉を受けないとは思えない。また本展にはその日の降水確率がタイトルとなる作品があり、それは《Unearth》と同様の岩とマイクを用いているが、溶かした酸を垂らすのではなく粉末状の酸を岩に載せ、それを溶かす雨を待つという作品だった。雨が降ったところで当の雨音で溶解の音はかき消されるだろう。私が本展を訪れたときたしかこの作品は《100%》と呼ばれており、二条駅から会場に向かい駅に戻るまでずっと大雨が降っていた。二作品いずれのスピーカーに耳を付けてもその前から聞こえていた音が電気的に圧縮されたものが聞こえるだけで、かえって展示の前後を貫く雨音の途切れなさに気づかされたことのほうが印象に残っている。

聞こえる音の来歴に穿たれた空隙とそれを埋める言葉、聞かれるべき音と同時に用意されたそれを埋もれさせるノイズ。大和田は聞こえること、聞こえるものが何かわかることを同時に意味する「聞き‐分けること」を“unearthing”にかかる摩擦によってすり潰す。しかしそれを汎ノイズ的な音の宇宙への開き直りとしてしまうと、言葉による縫合と同様、その具体性と実効性を同時に逸してしまうことになるだろう。この二重の困難に対処するためには、言葉で空隙を埋めるのではなく空隙の存在理由が語られなければならない。[3]

「破裂 OK ひろがり」という本展のタイトルについて、大和田はインドを走る車の多くに掲示された“Sound OK Horn”(この場合の“sound”は「鳴らす」という意味の動詞だろう)という文句から着想を得たと述べている。信号が極端に少なく車線も曖昧で、膨大な車両が絶えずクラクションを鳴らしながら犇《ひし》めきあい躱《かわ》しあう街の風景に、「文法上のスペースというより、空間的な意味での空白」として各語が隔てられたようなこのフレーズ(?)が重ねあわせられる。[4] 空隙は音の媒体であると同時に、空隙を潰す事故を起こさないためにこそ

3　本作品の具体性を裏切る概説的な言葉——それは必要ではあるにしても——が「名目的定義」にあたるとすれば、本稿が試みるのは「実在的定義」だと言えるだろう。ドゥルーズはこの区別の例として、円を「中心と呼ばれる同一の点から等しい距離に置かれた点の場所」として定義することを名目的定義、「その一端が固定し、他端が動く直線によって描かれる直線」として定義することを実在的定義としている(cf.『スピノザと表現の問題』工藤喜作他訳、法政大学出版局、二〇一四年、一二一頁)。つまり名目的定義がすでに与えられたものの構成要素への展開＝説明だとすれば、実在的定義は定義される当のものを与える運動の追跡＝再構成である。

4　本展カタログ(大和田俊・中尾英恵・百頭たけし編集、大和田俊展実行委員会・小山市立車屋美術館発行、二〇二一年)に収録された大和田によるステートメント参照。

音は鳴らされる。交通網の動線が完全に規定され、それが遵守されるならクラクションは必要ないだろう。**クラクションはクラッシュを先取りすることでそれを避ける。**理想的なロジスティクス空間において衝突や摩擦が縮減されるべき障害であり、したがってその極限において音を無くもがなのものとし無音を目指すとするなら、大和田は音の必然性を証し立てる空間の構築を目指しており、彼が「サウンドアーティスト」と呼ばれるべきであるとするなら、それはこの必然性への対峙においてのことだ。

一九六〇－七〇年代にベトナム戦争を背景としながら起こったコンテナ革命は、規格化されたコンテナとその運輸に関わる技術的－情報的システムの統一によって、陸運と海運の質的な差異を均し、「時間通りにその場所まで（Just in time, to the location）」という現代的なロジスティクスの理想を体現している。それは港から荷役の労働者や倉庫を一掃し（例えば横浜の赤レンガ倉庫もコンテナ革命の犠牲者だ）、国境をまたいで生産拠点を分散し、途上国で安く労働力を賄う「サプライチェーン」の構築を準備した。[5] いまや調理された食品さえもがその理想に巻き込まれており、注文の一〇秒後にはテーブルに乗っている牛丼、アプリを数度タップすれば数十分後に玄関にまだ温かい料理を届けるウーバーイーツなど、ロジスティクス空間はわれわれの口元にまで迫っている。一方でコンテナで密入国を試みた移民がその中で死亡し、他方でコンテナはパンデミックを受けて生物学的封じ込め（biocontainment）を容易にする即席の集中治療室として転用されている。[6]

均質なプラットフォームとその上を無音で滑る密封されたコンテナ。"Sound OK Horn"を

「破裂ＯＫ ひろがり」として捉えなおす本展は、音の必然性を反コンテナ（contra-container）的な空間を暴く破裂として追及していると言えるだろう。[7] ロジスティクスにおいて内容（content）に対立するのは形式（form）ではなくコンテナであり、大和田はさらにそこに内外の気圧差によって引き起こされる破裂という現象を反コンテナ的なものとして対置している。

会場である小山市立車屋美術館の長細い空間が内耳と口腔をつなぐ耳管に見立てられ、口の動きによる気圧の変動にともないつねに大和田の耳の中で鳴っている耳管狭窄症の破裂音が響いている（《耳管の音》）。瓶詰めにされた――"contain"された――炭酸水と、汲み上げられた――"unearth"された――地下水からそれを製造するためのタンクやホースが展示さ

5 以上のコンテナ革命の説明については、北川眞也・原口剛「ロジスティクスによる空間の生産」（『思想』二〇二一年二月号、第一一六二号、岩波書店、七八－九九頁）を参照した。

6 「冷凍コンテナの39人死亡で、ベトナム人4人に実刑判決」、BBC NEWS JAPAN、二〇二〇年九月一七日、https://www.bbc.com/japanese/54186234（最終アクセス二〇二四年九月一〇日）。イタリアの建築家Carlo Rattiはコロナ禍を受けてコンテナを改造し集中治療室にする《Cura》というオープンソースのプロジェクトを立ち上げている（https://carlorattiassociati.com/project/cura/、最終アクセス二〇二四年九月一〇日）。

7 ロジスティクス空間における摩擦を扱った代表的な作品として、ワリード・ベシュティの《FedEx》を挙げることができるだろう。「あいちトリエンナーレ２０１９」にも出展された本作では、FedExの段ボールにその内壁にぴったり沿うサイズのガラスの箱を入れ美術館に送り、運搬により劣化した段ボールの上にヒビの入ったガラスの箱を載せて展示する。

れ（《炭酸水》および《炭酸水製造機》）、ソナーのようにゆっくりと回転する、ウニの棘状に組まれた一二八本のマイクとスピーカーを結ぶケーブルが床を這い、回転の風音がスピーカーからのフィードバックによって増幅されつつうねっている（《Scales》）。

本展の《Unearth》は美術館から徒歩で一五分ほど離れた野外に設置された。「ポンプ小屋」と呼ばれる、田んぼに地下水を汲み上げるためのポンプを雨風から守る小屋を模したものが、栃木的に真っ平らな思川沿いに広がる田んぼの隅に建てられている。壁がところどころアクリル板になっており、それを視覚的なスリットとして中に置かれた岩、点滴袋、マイクを見ることができる。その傍に立てられた高い木の柱の先には町内放送に用いるようなスピーカーが取り付けられ、マイクからつながるケーブルと、電力を供給するために既存の電柱から増設された電線がそこから伸びている。仮設トイレ以上、多目的トイレ以下ほどの小屋の狭さからか——大和田はポンプ小屋の微妙に非人間的なスケールが気になったと述べている[8]——発泡音はいままでもっともはっきりと聞き取ることができた。鑑賞者の体は室内から締め出されスピーカーとのあいだに空隙が挟まれるが、今度はそれによって、音がその周囲にいる者に誰彼構わず聞かせられるものになっている。付近にそれが展示作品であることを示す看板等はなく、通りがかった者が音や小屋に気づいたとしても、それが何の音であり小屋の中の物が何なのか見当もつかなかっただろう。音と発音体の分離はスケールを変えて反復され、鑑賞者と通行人の区別が滞在の量的な勾配に変換される。

気圧の勾配に壁が耐えられなくなることで起こる発泡に音のミニマルな構成要素を見て取

るというそれ自体は非常にシンプルなアイデアは、《Unearth》の度重なる再制作を通して、一方では耳の中の破裂音という身体的な次元に、他方では交通や運搬に関わる社会的な次元に展開されている（本展では美術館付近のインド料理店やタイ料理店を紹介する大和田が手書きでつくったと思しきマップが配布される。「パミール・レストラン」に行くと私と連れ以外の客はみんな移民で、メニューに日本語も英語もないその店は「現地」が栃木に移設され半開きになったかのようだった）。

音の存在の必然性は、空間を出発点と到着点を結ぶ均質な媒体ではなく、衝突を待ちつつ避ける無数の遅延に満たされた空間にする。冒頭に引いたエッセイは「能動的であるような聴取と受動的な待機が重なり合う、この局所麻酔のような時間についてこそ考える必要があると思われる」という言葉で閉じられる。麻酔によってキャンセルされたのとは別の新たな痛みとともに回帰する日常を待つような多層的かつ弾性的な時間のなかで、泡の形成と破裂が様々なスケールで繰り返され、そこに巻き込まれた身体にとってはあらゆる移動が多動的に引き裂かれたものになる。耳のための移動は眼のためにならず、食べるための移動が日本語をキャンセルする。質的な複数性を折り込まれた勾配の移り行きのなかで空間それ自体が未然の泡となり、「ひろがり」はまだ泡でないものとして定義される。

8　前掲のカタログに収録された本展キュレーターの中尾英恵による作品解説を参照。

プリペアド・ボディ
――坂本光太×和田ながら「ごろつく息」について

ヒトが言葉を話すようになったのには、直立二足歩行という、樹上生活には不便な、かといって平地を速く走れるわけでもない、なんとも偏屈な体を手に入れたことが深く関わっている。ヒトは立ち上がり、口を使って分節された音を発し始めた。立つと頭蓋が胴体に乗っかり、前方にたわんだ太い頸椎で頭を支える必要がなくなり、口と喉に空間的な、そして機能的なリソースを割くことができるようになったのだ。口腔の形状がさまざまな母音に合わせて移り変わり、鼻に抜け舌をかすめ唇で圧迫される息の経路が子音を形成する。

坂本光太のチューバ、というより、坂本とチューバの関わりによって、われわれ（の比較的多く）が普段こともなく発し、そのフィジカルな存在を素通りしている声が、萎む肺、窄められた唇、きつく閉じられた瞼とともに、伸び縮みする息へと差し戻され、発声が運動として感覚される。ＡＳＭＲの囁きは声を息の湿度、口内の湿り気に還すことでわれわれの耳との至近距離を幻聴させるが、ここでなされているのは息の気圧と、ふいごのように息を絞り出す何か筋肉的なものとの回路の実現だ。

既存の楽譜に基づいたふたつの曲目、ストラウリッジの《カテゴリー》とグロボカールの《エシャンジュ》は、あたかも二段階の発声練習であるかのように公演の前半に並べられている。《カテゴリー》は非常にミニマルに、環境音に合わせて坂本が変化させるチューバにあてがわれた唇・口腔の形と息の圧・量・速度によって、それ自体アンビエントな楽音が微かにうねりながら持続する。

一転して、フランス語で「取り替え」を意味する《エシャンジュ》ではチューバの入口と出口に拡張的な操作がなされている。坂本は直接吹くのに加えて取っ替え引っ替え三種の異なるマウスピースをチューバのマウスピースの上から接続し、他方で俳優の長洲仁美はミュートとしての三角コーン、プラスチックのたらい、アルミの鍋蓋を取っ替え引っ替えベルに被せている。四通りの吹き口と四通りの出口、そしてさらにそれぞれ四通りの息のダイナミクスとアーティキュレーションの順列組み合わせを演奏は忙しなく走り抜ける。国際音声記号表と睨めっこしながら、［n］は鼻音×歯音、［p］は破裂音×両唇音、［f］は摩擦音×唇歯音……と、ぎこちなく子音の機構を確認する言語学徒のように。

前足＝手がもともと物を摑むための器官ではなかったように発声器官というものはなく、多面的な淘汰圧に押し出されるように口は高度に分節された発声機能を手にした。ギリシア語の organon が「器具」という意味から音楽的な「楽器」と生物学的な「器官」というふたつの意味に派生した語源学的な来歴を辿るまでもなく、本公演においてチューバは口になり損なう＝口になりつつある未然の器官として坂本と長洲からなる筋肉群に取り囲まれている。

プリペアド・チューバが器官に接近すると同時に、「ふたりの」と「ふたりでひとりの」のあいだにある身体からその自然さが剝奪され、ガチャガチャと部品が組み合わさり、息が我先にとその隙間に殺到するスチームパンクなプリペアド・ボディとして立ち現れてくる（冒頭の《浮浪》で長洲が独演するのは擬人化された息の脱出劇であり、坂本が独演する《オーディションピース》で彼は演奏における息への指示を言葉とハンドジェスチャーで実況する）。

準備《プリペアド》された楽器に体を接続すると、体は気づいたら準備されていたものとしての、自然史と歴史をまたいで方向付けられた器具としてのありかたを浮かび上がらせる。音はその相互的な変容の隙間から漏れ出る。準備されていないものとして。

スパムとミームの対話篇

社会的分断というのは、言葉の面から見れば、あらゆる言葉がその集団の内部ではミームとなり、外部からの、あるいは外部の集団への言葉がスパムとなることを意味するだろう。これは標準語と方言のようないわゆる中心－周縁図式とは異なる社会言語学的な軸として考えることができるかもしれない。

というのも、ミームは特定の集団への帰属を指し示すものではあるが、「標準語」ないし「共通語」に見込まれるような正書法的な規範や由緒正しい歴史をもつものではないからだ。それはすでに何らかの外部性に晒されている、というか、外部性をユーモアで馴化するものがミームだと思う。

たとえば「草生える」というネットスラングの由来を考えてみよう。[1] まず（笑）という記号が日本語対応していないオンラインゲームのチャットで (warai) と表記され、それがネッ

1　以下の記述では川添愛「草が生えた瞬間」（『言語学バーリ・トゥード――Round 1　ＡＩは「絶対に押すなよ」を理解できるか』、東京大学出版会、二〇二一年）を参照した。

ト掲示板や動画サイトのコメント欄へと場所を移しつつ短縮されwになり、さらに、wwwでその強調が表現されるようになった。この見た目が草が生えているようなので、wwwと書き込むことが「草を生やすな」と咎められるようになり——重要なステップだ——最終的に笑うことそれ自体を「草生える」あるいはたんに「草」と言うようになった。

最初に目につくのは(warai)という表記のいかんともしがたいぎこちなさだ。(笑)というそれ自体古いものではない、しかし少なくとも日本的な(?)語(?)と、欧米のプラットフォーム、QWERTY配列のキーボード、ローマ字入力という多重の異邦性との衝突が、そこにはあまりに明け透けに現れている。[2] wはたんに倹約的であるというだけでなく多少ともその衝突をマイルドにするものとして一般化したのではないだろうか。そしてこれが外国語の文字としてではなく絵として読み替えられ、草として日本語のエコシステムのなかに位置付けられる。

そしてこの草が文字通り繁茂したのがゲイポルノを笑いのネタにしたいわゆる「淫夢ネタ」の動画コメントにおいてであったことは、見過ごすべきでない点だと思う。[3] 異性愛規範に対する外部性を笑いによって馴化するためにこうした、それ自体外部性を隠蔽することで生まれたミームが多用されその外へと拡散されたことは現代の情報技術環境と言語、そしてマクロまたはミクロな政治の絡み合いを考える上で非常に示唆的だ。われわれは異質なものに対して歴史的な正当性によってではなく、すでに成功した——ことすら忘却された、いや、忘却することで成功した——馴化によって他者化しながら包摂するのだ。

私の知る限り唯一の、スパムを情報技術的‐文化的現象として考察した文章は現代美術作家のヒト・シュタイエルによるものだ。彼女は二〇一一年とその翌年に、それぞれ「デジタル・デブリ——スパムとスカム」、「地球のスパムメール——表象からの撤退」と題された論考を発表した。[4] もちろん、彼女がひとつめの文章でその歴史を概観するように、「スパム」は最初からわれわれの迷惑メールフォルダに振り分けられる、およそ誰にも省みられないような、しかしひたすら真顔で熱心な勧誘の報せを指していたのではない。はじめそれは今でもスーパーマーケットに必ずある、加工され調味された豚肉の塊を指していた（日本ではとりわけ沖縄でスパムが「ポーク」と呼ばれて親しまれているが、これには戦争での牧畜資源の破壊とその後のアメリカによる統治が影響しているようだ[5]）。

シュタイエルによれば、モンティ・パイソンの一九七〇年のコントでウェイトレスがこの

2　トーマス・S・マラニーは中国語タイプライターの歴史を辿りつつ、QWERTY的なるものと非アルファベットの言語体系である中国語の間でどのような技術‐政治的な葛藤があったかということを非常に鮮やかに描き出している（『チャイニーズ・タイプライター——漢字と技術の近代史』比護遥訳、中央公論新社、二〇二一年）。中国語におけるキーボードへの適応と変換（入力されるキーと出力される文字の分割）という発想の誕生については第六章を参照。

3　「ニコニコ大百科」の「草不可避」の項目（https://dic.nicovideo.jp/a/草不可避）、およびネットミームの由来を解説する個人サイト「文脈をつなぐ」の「草・草生える・草不可避の意味・元ネタを徹底的に調べてみた」のページ（https://kimu3.net/20170407/7351）を参照。いずれも最終閲覧は二〇二四年九月一〇日。

肉の缶詰の名前を連呼し客を狼狽させ、インターネット文化の到来とともにスパムはオンラインゲームの掲示板やチャットを量的に制圧するための機械的に増幅された文字の洪水を意味するようになった。[6] その価値は内容にではなく言葉が占める面積に求められる。この段階から――考えようによってはそれが肉の缶詰しか意味していなかった頃から――スパムはマッシブであることによってスパムとなる。総務省の調査によれば二〇二一年現在でも日本で流通しているメールの四〇パーセント超がスパムである（二〇〇九‐二〇一一年は七〇パーセント前後を推移している）。[7] スパムはデジタル世界のマジョリティであり、マスなのだ。日の当たる世界ではハッシュタグ・デモに代表されるミーム政治が台頭していることと考え合わせるなら、スパムはまたサイレント・マジョリティであるとも言えるだろう。

いずれも著者ないし発信者の単一性に依らない、その本質からして集合的な言葉であるミームとスパムは、しかし前者はポピュラーであり後者はマッシブである点において、決定的に異なっている。

ポピュラーなミームかマッシブなスパムか。[8] そんなのは偽りの二者択一だ、われわれのコミュニケーションはそんなものでは尽くされないとおっしゃるだろうか？　しかしわれわれが血の通った言葉だと思っているものは結局のところ成功したミームやスパムなのであって、ミームやスパムが失敗した言葉なのではないということを、いったいどうやって反証するのか。つまり二者択一は二重になっている。スパム‐ミームの複合体とそれに対置される意味での標準語的なもののいずれを取るか、前者を取る場合スパムとミームのどちらを選ぶのか、と。もしあなたが初手から標準語的なもの――文法的、論理的、歴史‐政治的な規範であれ精神的で本源的な共同性であれ――を選ぶとしたら、この文章はあなたのような方にこそ宛

4 Hito Steyerl, "Digital Debris: Spam and Scam", *October*, no. 138, Fall 2011, MIT Press, https://direct.mit.edu/octo/article-abstract/doi/10.1162/OCTO_a_00067/59125/Digital-Debris-Spam-and-Scam?redirectedFrom=fulltext および "The Spam of the Earth: Withdrawal from Representation", *e-flux Journal*, issue 32, February 2012, https://www.e-flux.com/journal/32/68260/the-spam-of-the-earth-withdrawal-from-representation/ (accessed Sept. 8, 2024). 後者については「地球のスパムメール――表象からの撤退」というタイトルで近藤亮介による邦訳が『美術手帖』（二〇一五年六月号、美術出版社）に収録されている。本文での訳出は邦訳を参考にしつつあらためて筆者が行った。

5 Mire Koikari, "Love! Spam!: Food, Military, and Empire in Post-World War II Okinawa", *Devouring Japan: Global Perspectives on Japanese Culinary Identity*, edited by Nancy K. Stalker, Oxford University Press, 2018. 本論文では戦後の沖縄におけるスパム（ランチョンミート）の普及に米軍だけでなく、製造元であるホーメル社の世界戦略、アメリカによって設立された琉球大学の家政学教授の言説が関わっていたことがさまざまな資料をもとに論じられている。しかし重要なのは、たんに台所に滑り込み「母の味」となったスパムが統治を脱政治化し、体制を内面化させる権力の象徴であるということだけではない。そこにはいわば、スパムを「ポーク」と呼ぶミームの発生がある。ポークたまごおにぎりやスパムのゴーヤチャンプルーが土着の食文化との折衝のなかで編み出されたように、権力の内面化とそれを逆手に取った創造的なアプロプリエーションの実践は常に両義的な関係にあるだろう。仮にこれが前述の「草生える」に比して「良い」ミームだと言えるのだとしても、私が本稿で問うのははたしてそれだけでよいのかということだ。

6 Steyerl, "Digital Debris".

7 総務省「電気通信事業者10社の全受信メール数と迷惑メール数の割合（二〇二四年三月時点）」https://www.soumu.go.jp/main_content/000961193.pdf（最終閲覧二〇二四年九月一〇日）。

てられている。もう少しお付き合いいただきたい。

役者が揃ったところで私としては心おきなくスパムの側にすべてのチップを置いて、あなたにもそうするようこっそり促したいのだが、それにはまだ話が図式的すぎるかもしれない。なぜスパムが擁護されるべきなのかということについて私なりに明確にしてみよう。

シュタイエルがスパムの最初の理論家かつ擁護者として指摘することのひとつは、スパム広告はそのありうべき購買層の「ネガ（negative image）」になっているということだ。[9] スパム広告の画像に登場する、歯列矯正され、脱毛され植毛され、贅肉を吸引され、クリックひとつで金を稼ぐ人間はたしかにフォトショップされた非現実であるだろう。それはわれわれが「そうでないもの」であるところのものだ。彼女がスパムを擁護するのはこのネガティビティにおいてであり、この幽霊的なサイレント・マジョリティが、この星から発せられる膨大な信号を一〇万光年先なら一〇万年後に受け取る宇宙人に〈人間〉の何たるかを教えてくれるヒエログリフとなるだろうからだ（彼らには量的勾配以外に人間らしさの輪郭を描く手がかりがないはずだ）。

彼女にとってマッシブなスパムは、文字通りデータ的マイノリティであるわれわれ現実の人間が、われわれを表象し代理する“representation”のシステムから撤退するためのデコイなのであり、つまり見たり見られたりの欲望のゲームからわれわれを解放してくれるイコンなのだ。彼女はスパムを擬人化し次のように語らせる。

「画面から離れなさい」彼ら〔スパムのことだ。引用者註〕はそうささやく。「われわれがあなたの代わりになろう。その隙に彼ら〔宇宙人のことであり、表象のシステムのことだろう。これも引用者註〕にわれわれをタグづけさせてスキャンさせてしまおう。あなたは自分のなすべきことをしていればいい」。それが何であれ、彼らは決してわれわれを差し出したりはしないだろう。だからこそ彼らはわれわれの愛と賞賛に値するのだ。[10]

「自分のなすべきこと」というのは、人の目ばかり気にせずスマートフォンを捨てて本を読んだり野に出たり堅実な仕事をしたりせよ、ということだろうか。たしかにそれはスパム自体のイメージや彼らが表立って誘う行為の対極にあるだろうが、そんな誰でも言える良心的なことのためにスパムを擁護するのかと、手段の奇怪さと目的のあっけなさのギャップに戸

8 ドゥルーズ&ガタリは言語は本質的に集合的なものであるとし、その作動を「言表行為の集合的アレンジメント」として概念化した。私がここで試みるのは、個人的‐集合的ないしメジャー‐マイナーという対立より深いところにある、ふたつの集合性の対立を取り出すことであり、それは彼らが「母語をどもらせること」と呼ぶ言語の脱中心的な使用の内部に質的な対立を見いだすことでもある。彼らの言語論についてはジル・ドゥルーズ&フェリックス・ガタリ『千のプラトー』（宇野邦一他訳、河出文庫、二〇一〇年）上巻に収録された第四プラトーを参照。

9 Steyerl, "The Spam of the Earth".

10 同上。

惑ってしまう。あるいは、それはわれわれがスパムを「差し出す」ことではないか、はたしてそれでよいのか、とも。私が提案する方向修正はふたつだ。

(1)彼女はスパム画像をデジタル世界のイコンとして、非現実的な理想を描くものと位置付けているが、少なくとも現代日本のネット環境で目にするスパム広告には、理想的なイメージで惹きつけるものと同じくらい、目を背けたくなる現実を突きつけるものがあるのではないだろうか。それはわれわれの歯がどれくらい汚れていて、鼻の毛穴からどれくらい汚い角栓が飛び出し、腸に詰まった便秘を排出するだけでたちどころに何キロ痩せて、体毛が濃くて肥満で貧乏だとどれくらいモテないかということを説いている。シュタイエルの議論ではこうしたアブジェクション的なリアルを掬い取ることができない。それはその非現実性によってわれわれを匿うどころか、「これがお前だ」と詰め寄ってくる。そしてそれは理想的なスパムが実際には誰でもないのと反対に、誰にとってもある程度正しいのだ。

(2)シュタイエルは一貫してスパムをイメージの問題として扱うが、私はそれを言語の問題として考えることを提案したい。奇しくも彼女はスパムをわれわれの目から遠ざける自動化された迷惑メールフォルダを「移民に対する防壁、バリア、フェンス」[11]と形容しているが、スパムの言葉はたしかに過度に逐語訳的であったり、あるいは「考えたやつ天才かよ…神アプリ20選」のような構文もなにもないブロークンな日本語であったりする。言ってしまえばスパムの言葉は「カタコト」なのであり、われわれがスパムをスパムとして認識するとき、われわれの頭のなかには標準語が、正書法が、言語的国境がある。

さて、それでもスパムが「われわれの愛と賞賛に値する」とすれば、それはどのようにしてなのだろうか。シュタイエルはわれわれ自身が、そしてわれわれ自身の言葉がスパムになってしまう可能性を考えていないのではないか。しかし現実として、われわれは決して理想的でも清潔でもない肉塊を引きずって生きており、それがどんなスケールであれ自身の言語共同体の外では必死の呼びかけが「カタコト」呼ばわりされるのだ。

むしろわれわれは積極的に、つまりポジティブにスパムになるべきではないだろうか。スパムへの生成変化。それはミームがその境界の外側にあるもので拵えた入り組んだ防壁を突き破る唯一の可能性だ。われわれはあなたの現実でもある現実を携えて、マッシブな文字で、教科書の例文から取ってきたような見よう見まねの「標準語」で、あなたの半笑いをものともせずに真顔でドアに足を差し込み続ける。一〇万年後には一〇万光年先でも。

11　同上。

スモーキング・エリア#3

僕でなくもない

たくみでないひと　黒嵜想

「たくみでないひと」に出会った。

深夜一時、コンビニへ買い物に出かけた帰り道、隣のスーパーの入り口近くに設置されたベンチに彼を見つけた。紅色の地に白い碁盤目が入った襟付きのシャツ、黒いハーフパンツ、灰色のスニーカーを身に付けた若い男性が、道路を往来する車を見ているのか、あるいはその向こうを見るでもなく目をとられているのか、タバコを手にぼおっとしていた。

彼の横を通り過ぎるまでに一歩一歩近づくたび、髪に隠れた顔が少しずつ露わになる。眼鏡をかけている。寝ぼけ眼のようにとろんとした目つきをしている。前髪は短くしていて、その髪型が伸び散らかしたものではなく、中性的なフォルムに整えられたものであることがわかる。傍らに置かれたスーツケースが視界に入った。気づけば僕の歩みもだんだんと遅くなっていた。

いよいよ彼の前を横切ろうというとき、彼がおもむろに立ち上がって、iPad miniを取り出し、僕の足元の縁石の前で屈んだ。何かを見つけて、おそらくは写真を撮影しようと手に持ったそれを向けた。

「え」

「え」

思わず声を出してしまった。彼もつられて声を出し、しまった、とでもいうように顔を背けて、ふたたびベンチに座った。友人の福尾匠にしか見えなかった。「かった」。服装も、髪型も、目つきも、スーツケースも、iPad miniも、その使い方も、すべてに既視感があった。声にも覚えがあった。立ち止まった僕の視界の隅で、連れて歩いていた同居人も歩みを止めて、じっと彼を見ているのがわかった。過去形。そうそう、人違い。出会ったのは「たくみでないひと」だった。よく見れば、目も鼻も顎も、少し彼と違う。

勘違いを恥じつつ、彼の前を通り過ぎた。遅れてついてきた同居人が、共感の答え合わせを始める。ふたりで小さく笑いながら帰路を続ける。その途中で、なぜだか、ふたたび歩みが止まってしまった。不安を感じる。彼女になんと打ち明けるべきか、言葉が見つからない。やや考えて、みたび歩みを進める。不安に襲われたのは、福尾匠に再会したとき、この体験をどのように面白く話してやろうか、と考えたときだった。ぐにゃぐにゃと、彼の顔を脳裏に呼び起こす。そうそう、この顔。これは「たくみ」。

しかし、この像が、浮かんでは、形を変えて、先ほど通り過ぎた彼の顔に落ち着いてしまう。「たくみでないひと」。不安に囚われる。なぜ僕は彼の顔を覚えてしまったのか。「たくみ」に似ていなければ覚えなかった。それは「たくみ」と似ていて、差分を作っていたからこそ記憶に刻まれた。そうでなければ覚えなくてよかった。不安は続く。僕は当の「たくみ」を、その似姿との差分で思い起こそうとしてしまっている。次に彼と再会するとき僕は、「たくみでないひと」でない「たくみ」として、出会い直してしまうのではないだろうか。

隣を歩く彼女に、どのように打ち明けるべきか。福尾匠に、どのように話せば笑ってもらえるのか。

＊＊＊

右の文章は批評家で友人の黒嵜想に書いてもらったものだ。九月のある夜、僕にめっちゃ似たひとを見た、同居人の今村さんもおなじく僕と勘違いしていたと彼からメッセージが来て、次の「スモーキング・エリア」は哲学的ゾンビについてなにか書こうかなとぼんやり考えていた僕はすぐにその話を文章にして送ってほしいと頼んだ。

哲学的ゾンビとは他者に主観的な意識が存在することをどう証明するかという問題を考えるときに仮定されるもので、見かけ上ふつうの人間と変わらないが心をもっていない——『攻殻機動隊』的に言えば「ゴースト」が宿っていない——いわば「形だけの人間」を意味する。チューリングテストに満点合格したCPUを搭載した人型ロボットと考えてもいいだろう。

僕は哲学的ゾンビを思考実験に持ち出すことがそもそも妥当かどうかとか、それが仮に論理的に思考可能だとして意識と脳の関係についてのわれわれの理解に資するものなのかどうかといったことに興味はない。世界は実は人間そっくりな何かに侵されている（いつかそうなる）のではないかというSF的で陰謀論的な想像にもあまり興味はない。ただ、なぜときに他人が哲学的ゾンビのように思えてしまうのかということには興味がある。

論証しようもないがありそうだなと思うのは、他人が自動機械みたいに見えるのは自分も自動機械みたいになっているからだろうということだ。武蔵小杉あたりを過ぎながら車窓を眺めると大きいマンションの窓に数千の灯りが灯っている。これだけの人間が意識をもって生活をしているということに不思議な感じがする。あるいは遠くの交差点を曲がる車がウィンカーを出しているのが、どうにも「中身」を欠いたおもちゃみたいに見えてくる。いつのまにか文脈を見失った友達どうしの会話を側から眺めているとなにかの書き割りみたいに思えてくるが、僕は僕で自動的に相づちを打ち続けている。

こういう広義の「離人」的な経験を醒めた意識で振り返ると、実はあれは自動機械なんじゃないかという疑念が湧き起こる。哲学的ゾンビはぼおっとすることとしゃんとすることを瞬間的に行き来することで生まれる齟齬を対象化したものなのではないだろうか。ベルクソンの言葉で言えば「記憶の逆円錐」の底面にある「夢の平面」の経験を円錐の頂点が接する「行動の平面」から振り返ったときに見えるものとも言い換えられる。見てなにかを思い出したり連想したりすることと見てなにか判断したり行動したりすることはぜんぜん違うし、その衝突が散らす火花みたいなものがゾンビなんじゃないか。あれは何だろうと疑念が湧いた時点で自分のほうはしゃんとするので離人的なものが他者に帰せられるわけだ。自分がぼおっとしていたことは棚に上げて(哲学にはそういうところがある)。

黒嵜さんはモノマネが得意で、よく身近なひとの口調や身振りを真似ている。面白いのは真似をされている当人は自分が真似をされていることになかなか気づかないということと、気づいたら気づいたで気味悪がるということだ。自分は「形だけの」自分なのではなく、自分にしかなく自分しか知らない自分らしさがあると。自分は哲学的ゾンビなどではないと言っているわけだ。彼が僕でないひとを僕だと思い（これだけならよくあることだ）、そのうえ僕に見ていた「固有性」まで揺らいでしまうのはモノマネが上手なことと裏表になっているだろう。それに彼は最近不眠で困っているらしいし、ぼおっとしがちなのかもしれない。

おなじであること（＝モデル）と似ていること（＝コピー）はしゃんとした世界ではまったく別のことだけど、ぼおっとしている限りにおいてその違いは問題にならない。どこにも重心を置かない「差分」だけが広がっている、そういう世界を哲学の言葉では「シミュラークル」と言う。モデル／コピーの堅持かシミュラークルの戯れへの開き直りか。哲学はさらにこの二者択一すら「存在論」の名にかけていずれが真の世界かと争うわけだけど、だからこそそこのふたつの界面で起こる哲学的ゾンビはクオリアの存在を脅かすハードプロブレムになる。

しかしやはり僕はある／ないの話それ自体でなく、ある／ないという話が持ち上がるのはどんなときなのか、あるいは反対にそれが問われずに済むのはどういうときなのかということに興味がある。僕は「僕」でもあり、「僕でなくもないひと」でもある。その「ある」ということの意味が違うだけだ。ドッペルゲンガーを見て死ぬのは前者の意味で「ある」自分だろう。

誰かと親密になるということは、そのひとの固有性を見いだすことかもしれないし、そのひとでなくもなさを様々にストックしていくことかもしれない。後者の場合それは他の誰かに重なり合い、いつか会う誰かにその面影を見たり、そもそもいつかの誰かの面影を見たからそのひとと仲良くなったのかもしれない。

黒嵜さんは不安を感じる一方で僕にそれを話して笑わせようとしてもいる。僕の固有性が揺らぐのは不安だけど、僕の僕でなくもなさはモノマネみたいに面白がれもする。ひとは誰かと仲良くなるときこのふたつの可能性を付かず離れずの距離に保つ。君は交換可能な要素の寄せ集めだと言ってはもちろん話にならないけど（友達に似ててというナンパの常套句）、君が君であることが大事なんだと言っても自己啓発かよと逃げられるか逆に利用されるかガチガチの共依存でどっちもダメになるかだ（恋愛の場合ダメになること自体がドライブになりがちでたいへん厄介だけど）。

誰かと仲良くなりその関係がある程度持続するとき、そこでは「存在論」なんかよりずっと面白いことが起こっている。われわれは互いの「なくもなさ」を笑い合う。しかしそれが笑えるのは、互いの「そのひとでしかなさ」を崇拝でも諦めでもなく素朴に認めることと裏表になっているからだ。

やさしさはひとにだれかのふりをさせる
——大前粟生『私と鰐と妹の部屋』について

いちばん長いもので、ちょうどこの書評とおなじくらいの長さになる、「掌編」という言葉にふさわしく手のひらをひとつかふたついっぱいに広げたくらいの「紙幅」の五三篇が収録されている。

「ふぅん。じゃあ私は、かなでちゃん、って紙に書いてたべてみる」（「かなでちゃん」）

ストレスで紙を食べるようになったかなでちゃんは国語の教科書を食べると「ことばみたいな気持ち」になると話す。きわめてフィジカルな言葉との関係がここにはあり、「私」が紙を食べて「かなでちゃんみたいな気持ち」になるのだとしたらその関係はさらにただちに、「私」の変容にもかかわっていることになる。本書はこのような言葉のあやうい力をあつかい、実践している。つまり、言葉を食べ、それによって食べられるという関係性が描かれているだけでなく、この本そのものがあざやかな果物たちの乗ったケーキでもある。どうやって切れ目を入れようか。

言葉にフィジカルな力をみとめるということは、これは言葉にすぎないんですよ、という、言葉と現実とのあいだに距離をつくるような態度を取らないということを意味する。つまり「もののたとえ」というものが介在する余地はなくなってしまう。病気になった猫のために、猫と自分の顔の刺繍を縫う「僕」は、余白に入れた太陽に目を描いたとたんに、それが「ひとの顔のようだったので、その下に首と上着を作った」。猫と「僕」だけの空間に知らないひとが闖入する。「ひとの顔のようだった」という喩えはたんなる喩えではすまず、あらがいようもなくひとの顔がそこに実現されてしまう（「刺繍」）。二度ムキになったママはムキムキになって、車両はママの筋肉でぱんぱんになってしまう（「ムキムキ」）。妹にトイレットペーパーを巻くとミイラのようで、両親を殺してしまう。ミイラにして蘇らせた両親と妹を連れて外に出るとそこは吹雪で、地球全体がトイレットペーパーに巻かれたようだ（「ミイラ」）。

大前粟生の小説は、言葉にフィジカルな力をもたせることと、最果タヒが帯文に書いたように「奇天烈」な物語を駆動することの両輪によって作られていると、ひとまずは言うことができる。真面目な言葉とふざけた言葉、客観的な説明と主観的な意見、指示と喩えの分割は、言葉に対して距離を置くことのできる人間にとってしか役立たない。よかれ悪しかれ、私たちはそうした距離の失調しつつある時代を生きている。あらゆる言葉は信じることができるかどうか、共感できるかどうかで測られる。現代が共感と反感の時代に、あるいは視覚的コミュニケーション優位の時代になったと言うだけでは片手落ちだ。その一方で言葉の使われかたも変化しているはずであり、小説が察知するべきはその変化だろう。突飛な物語のほうに目を取られてしまい見えにくいかもしれないが、大前の小説は言葉と感情、言葉と身体の直接的な関係の回路を極限まで加速させ、そのあやうさと希望、恐怖とやさしさをともに示してみせる。

「私たちは超スピード過ぎた。超スピードの肉体が意識を追い越し過ぎて負荷にまみれた」（「世界ブランコ選手権こどもの部決勝戦」）

見開き一ページほどを超スピードで踏破する掌編群の速さもたんに物語の展開の速度として考えることはできない。取り返しがつかないほど漕ぎ過ぎてしまったブランコのように言葉が私たちを引きずり回す。その速度に比例して一語一語が圧縮され、小説は「余白」や「行間」のようなものとは無縁になる。なぜなら、喩えでしかないものの領分が失効するとき、描写は筋を際立たせるためのものではなくなり、内面は行動を際立たせるためのものではなくなるからだ。それらはどれも言葉であることにおいて等価になる。いかなるまどろっこしさもなくブランコの鎖のように一列に並んだ言葉は、速く、強く、そしてこれ以上なく読みやすいものになる。それはつねに言葉を感情や身体への影響とセットで用いることで、言語にこだわること自体を物語のドライブにしているからだろう。

「こっくりさんはプーさんのぬいぐるみのなかに入った。助かる〜、とこっくりさんはいった。私は、くまのプーさんが大好きだった。しかも、喋るだなんて！」（「こっくりさん」）

こっくりさんは私たちを振り回す言葉そのものだ。五十音表のうえに置かれた十円玉の挙動として彼女は私たちを動揺させる。大前の小説ではあらゆる言葉がこっくりさん的な作用をもつので、彼女は「こっくりープーさん」となり「私」と対等な関係をむすぶと同時に、過去形の叙述に割り込む「喋るだなんて！」は「私」と読者をおなじ時間に置く。「私」はこっくりープーさんをお姉ちゃんと呼ぶが、呼び名というものの強力さは「妹はあほ。私はお姉さん」と固定的な役割のもとへ分断するものでもあり、シーツをかぶっておばけになった妹はさらにだれにも相手にされなくなって死んでしまう（「おばけの練習」）。

「うそだよ」（「私と鰐と妹の部屋」）

と、自分の出自の説明を打ち消すこの地の文は読者との関係にまで言葉の力を延長する。打ち消された出自はすでに発されたということによって現存し続ける。「歯医者さんではない」と繰り返されるその部屋は繰り返されるほどに歯医者さんとしてリアリティを獲得していく（「歯医者さんの部屋」）。しかしそこはあくまで歯医者さんではなく、彼女の悲しさになりたい「僕」が冬の汚いプールを「悲しさ」として泳ぎ続けても、彼女と一緒にどろどろにとろけてしまうことはできない（「僕は泳いだ」）。

「ひぃおじいちゃんのふりをしている。私より年下なのに、やさしいね」（「お墓」）

やさしさが宿るのは、だれかと一緒にどろどろにとろけてしまうことのできない悲しさの距離のなかであるとともに、だれかのふりをして、だれかの代わりに話す嘘のなかだ。お墓のうしろでだれかが代わりに応えてくれている。やさしさはひとにだれかのふりをさせる。共感の時代を「私は私、われわれはわれわれ、お前はお前」の時代にしないやさしさの実験を、その対決の恐ろしさとともにこの本は引き受けている。

感じたらこの法螺貝を吹いてください
——『全裸監督』について

『全裸監督』を一気に見ました。ネットフリックスで制作・配信されている、ＡＶ監督、村西とおるの人生を描いた同題の評伝を原作としたドラマです。いまのところ本作は、ひとびとが元気で自由だった昭和への郷愁と、「コンプライアンスに塗りつぶされるこの時代」（本作の惹句）への疑義のカップリングによって評価されているようです。しかしはたしてこの作品はそうした、過去を理想化したうえでの回帰の欲望によって駆動されているものなのでしょうか。とはいえ聞こえてくる評判は、こうした回帰に共感を覚える側と、そんなものはけしからん、そもそも村西に見いだされ当時世間を沸かせた黒木香への制作の同意は取れているのかと批判する側に二分されているように見えます。このことに関して制作側は明言を避けていますが、同意はしているがそれを公言しないよう約束しているだけだということもじゅうぶん想像することができます。

さて、重要なのは、この作品で描かれる村西はどう見てもいかがわしい人物だということです。英語教材の訪問販売で培った話術は、他プロダクションの女優を口説いたり、女優に

「本番」をするよう説得する場面でも用いられています。そのとき彼は、「偽りの二者択一」と「本当の自分という偽の理想」という自己啓発的な手管で他人を口説き落とします。いま本番をすることで本当の自分へと踏み出さないなら、一生あなたはこのままだ、というわけです。村西の怖さと悲しさは、この詐術を彼自身が信じきっていることにあります。

　本当の自分をさらけ出せ、「獣になれ」と叫ぶ村西はほとんど自分の感情を露わにしません。つねに仏頂面の「オフ」の村西と、自信のみなぎった表情で滔々とそれらしいことを述べたてる「オン」の村西を演じ分ける山田孝之の怪演は、彼の暴力性とその悲哀を示すきわめて批評的なものとして見るべきではないでしょうか。

　ポルノはセックスを「本当」かのように見せるものですが、それが様々なものに阻まれる様子がこの作品には描かれています。前張りをつけた「疑似本番」を唾棄した村西も、その最たるものであるモザイクという壁に突き当たり、女優に小さな法螺貝の笛を持たせ、感じたらそれを吹くように指示します。ここには感じ合っている二者を第三者として眼差す、ポルノの滑稽で物悲しいもどかしさが表れています。

　本作を回帰の欲望への共感によって評価する者は、純粋な二者関係を信じ、なににも媒介されない「人間まるだし」（これも惹句）の求道者として村西に「啓発」されます。批判者は現代の「政治的正しさ」の観点からこうした回帰を許そうとしません。しかし本作はそうした回帰を描いているわけでも、ポルノが嘘なしの二者関係の提示を目指すうえでともなう暴力性に無批判であるわけでもありません。

作品の両義性が見誤られるのは、惹句に見られる本作の粗雑な広告のせいでもあるでしょう。作品が広告に還元されるのは、あいちトリエンナーレ2019の「表現の不自由展」騒動にも通底する現代のメディア環境一般の問題でもあります。

村西は黒木に仕事の目標を尋ねられても「まだ誰もしていないこと」がしたいという空疎な答えしかできません。悲壮な焦燥に駆られた彼は真珠湾上空での撮影のせいで懲役三七〇年の刑に処されます。モザイクなしのポルノの国であるアメリカと、つねに彼の先を行く池沢（家族に「広告業」をやっていると嘘をつく）に媒介されるかたちでしか彼は自分の方向性を決めることができないのです。

英語が喋れない英語教材セールスマンとして身につけた自己啓発的な話術を弄する、「人間まるだし」の「獣」という矛盾した幻想に囚われた村西は、女優を、仕事仲間を、そして視聴者を「本当」へと誘います。こうした「釣り」は、ネットにあふれる無料でモザイクなしのポルノが、笑ってしまうくらいいかがわしく、悲しいほど切実な広告にまみれていることを思い起こさせないでしょうか。村西自身がそうした「本当」に、誰よりも深く巻き込まれているようです。

しかし同時に、まったく別種の欲望が彼につきまとっているようにも思えます。モザイクや法螺貝においては、「本当」がそこにあることを示すこととそれが隠れることが一体となっているからです。「まるだし」からほど遠いところで感じられる快楽とはどのようなものでしょうか。

冒頭、村西は妻とのセックスで最後までイクことができません。結局彼女は不倫をしていて、「あんたでイッたことがない」と吐き捨てて家を出てしまいます。村西自身がセックスをするあとふたつの場面の一方で彼は、国鉄の駅弁売りの夫を亡くした相手に、夫のように下の名前で呼び、のちに「駅弁」と呼ばれることになる体位でするようお願いされます。他方の黒木香の初撮影で、彼はそれまで「恵美」と本名で呼ばれていた彼女に芸名を付けてから行為に及びます。彼がイクのは「本当の自分」どうしの関係から逸脱するときだけなのです。セックス自体にこうしたモザイク的、法螺的な、第三者にされる快楽が埋め込まれています。こうしたものこそがポルノと広告(「本当」による釣り)が圧着することを防ぎ、「本当の自分」から自由になる作品経験＝快楽を保護する倫理なのです。有料でモザイクありのポルノを見るほうが「ポルノ的に正しい」のです。制作者も視聴者も法螺を吹きあって本当を作る快楽がそこにはあります。

異本の論理
――アラン・ロブ＝グリエ『ヨーロッパ横断特急』について

「これは？」「拳銃」「これは？」「鎖」「これは？」「剃刀」。

壁いっぱいの空っぽの棚を背後に、主人公エリアスは警察に所持品を検査されている。彼自身もパスポートの提示、入国の理由や国内での滞在先の説明を求められるが、物や人は、ロブ＝グリエの映画のなかでは言葉を貼り付けるラベルの支持体でしかないかのようだ。

映画において物がもつ記号的な価値を操作することは、物語をつくることと同義だとさえ言っていいだろう。お茶が少しだけ残ったグラスは時間の経過を意味するかもしれないし、そのあとに大写しにされる主人公の疲弊した顔はその意味を強化するかもしれない。ロブ＝グリエの物はそのようには語らない。しかしそこに論理が欠けているわけでも、たんに伝統的な物語を解体することが求められているのでもない。

ロブ＝グリエと友人ふたりは、パリからアントワープへ向かうヨーロッパ横断特急のなかでギャング映画の構想を話し合う。その最初のアイデアは、主人公が手榴弾を取り出すという設定によって早々に破綻するが、爆破された電車の映像に延々と続くシナリオを語る声が被さり、さらにそこにオープニングクレジットが引き継がれ、いかにもオープニングクレジットらしい駅の雑踏の光景から出てきたジャン゠ルイ・トランティニャンが、ついさっきロブ゠グリエがそうしたようにキオスクでポルノ雑誌を買う。彼はギャングの一員と思しき人物――ロブ゠グリエが同じ雑誌を買うのを見ていたのと同じ人物――と鞄を交換しヨーロッパ横断特急に乗り込むが、コンパートメントには映画の構想を話し合っているロブ゠グリエと友人ふたりがおり、落ち着かなさそうに出て行ったトランティニャンを見て彼らは「あれは?」「トランティニャン」「彼を使おう。名前はエリアス」と話し、映画の構想を進める。

この冒頭五分ほどのあいだに行われる、いくつもの要素の「現実」と「虚構」を複雑にまたぐ反復は、映画が終わるまでそのペースを落とすことはない。構想されるシナリオはたびたび辻褄が合わなくなったり非現実的になったりするが、そのたびに友人はアイデアを反故にさせ、エリアスはそのたびに語りなおされる/演じなおされる。ロブ゠グリエの映画は、ひとつながりの時間と空間が先にあってそれを分割して見せるのではない。語るたびに時間と空間が生まれ、それらは整合的な「本」を形作るのでなく、たがいに部分的に類似し、矛盾する諸々の原本なき「異本(versions)」としてせめぎ合う。

それは彼の作品をめぐって小説、映画を問わずしばしば取り沙汰される性描写においても見ることができる。というよりむしろ、異本の論理はそこにもっとも凝縮されたかたちであらわれている。それぞれのショットで女優が取る紋切り型のポーズは行為の進展を描かず、ポルノ雑誌のページをめくるように――繰り返しそうしたショットも挿入される――バラバラと不連続に展開されるが、さらにその女自身も二重スパイであり、ロブ＝グリエにとっても、エリアスにとっても、そして我々にとっても、嘘と本当のあいだで選択を行うことはもはや意味をなさない。その諦めの地点こそが彼がセックスに見いだした快楽なのではないだろうか。

自同律だけがある論理空間のなかで、ショットも人物もプロットもたがいをたがいの異本としながら乱立する。この映画自体がそうでない理由が、つまりあらゆる映画が他の映画の異本でない理由がどこにあるだろうか。少なくともルイス・ブニュエル『欲望のあいまいな対象』（一九七七年）が存在する以上、それを反証することなどできるはずもない。

絵画の非意識

——五月女哲平の絵画について

縦長の矩形（一八二×四五センチ）の画面がふたつ三〇センチほど空けて横並びになっている。どちらも黒地に白い形象が描かれている。人物像だろうか。抽象化された頭部と胴体による人物像に見える。形象を囲むごく細い線のなかには様々な色が見える。そこから黒の下に描かれた色彩が露出している。黒地と白図は（そして「頭部」と「胴体」という図の部分どうしも）、より下層の色彩を介してつながっている。ふたつの画面のあいだには白い壁が露出している。

絵画が「タブロー」という形式を獲得するのと絵画が白い壁に架けられるようになったのは同時だった。ヴィクトル・ストイキツァ『絵画の自意識』は窓や扉や壁龕といったモチーフの変遷を跡づけつつ、タブローと壁の関係、そしてそこから明らかになる、イメージが自意識を肥大させてゆく過程を見いだした。[1] 彼は近世以降の絵画史を「表象から現前へ」という通念から脱臼させ、絵画とその外のあいだにある繰り込みと迫り出しのプロセスとして抉り出したのだと言えるかもしれない。前者のメジャーな系列はイタリア・ルネサンスから印

五月女哲平《I can listen, even if you're not listening carefully》2019年

象派を経由しモダニズムにいたる一幅の絵画の（構図、構造、コンセプトの）統一性をこととし、後者のマイナーな系列は北方ルネサンスからシュルレアリスム、ポップアートにいたる絵画－絵画外の関係の絵画化をこととする。分析手法として前者にはイコノロジーやフォーマリズム批評、後者にはフーコー的なエピステモロジーやイメージ人類学的な発想が比較的相性がよいだろう。

ムラのない抽象的な色面やシェイプド・キャンバスといった手法を用いる、モダニズムへの回帰にすら見えかねない五月女哲平の絵画を後者の系列のただなかで、つまり繰り込みと迫り出しの場として考えるとどうなるだろうか。

フェルメールの《天秤を持つ女》（一六六二年から一六六三年頃）の背景の壁には最後の審判を描いた絵が掛かっている。妊婦、天秤、机に置かれた真珠、そして最後の審判といったモチーフのイコノロジー的な解釈に反してストイキツァはこの画中画の額縁の右端が絵そのものの右端に沿っていることに着目する。絵の中の壁、絵の中の絵の表面、絵の表面、そして絵が掛けられる壁、こうした表面の葛藤の場として額縁は位置づけられる。「あらゆるタブローは壁の否認である」[2]。彼が壁の「非イコン性」を強調するのは、宗教改革とそれに続く聖像破壊がイメージの自意識の発生、つまり自分がどこに置かれどのように見えるのかというこ とへの反省（reflection）のイメージ化において壁が「タブラ・ラサ」として機能するからだ。そしてその壁は絵画へと繰り込まれ迫り出す。『絵画の自意識』がキャンバスの裏面を描いたタブローで締め括られるのは、それが繰り込みと迫り出しを通した「自意識過剰」の極点に位置するからだ。

縦長の矩形の画面がふたつ三〇センチほど空けて横並びになっている《our time #2》（口絵3）はそのあいだに広がる間隙によって壁と関係しているが、その関係はフェルメールの作品とは構造的に異なる。五月女の作品には壁が描かれているわけでもないし額縁はない。壁、板、下層の色彩、黒の塗り、白の形象はフィジカルに層状に重なっておりそこに表象によるイリュージョンはない。

三つの画面を隔てる白い枠だと思っていたものが、黒い帯の後ろへ消える人影によってたんに撮影された背景の白い壁が映っていたのだとわかる。映像作品《I can listen, even if you're not listening carefully》は縦に三分された画面でできている。左右はそれぞれ渡良瀬遊

1　ヴィクトル・I・ストイキツァ『絵画の自意識――初期近代におけるタブローの誕生』岡田温司＋松原知生訳、ありな書房、二〇〇一年。
2　同上、五八頁。

水池と須崎の、中央を横切る水平線に代表されるような抽象に接近する風景を映し出している。中央の画面のほとんどは長い黒のカーテンに覆われておりその左右に背景の白い壁が細い帯となって見える。人物は画面外、白い壁の前、かすかにたなびく黒いカーテンの後ろを行き来するが画面はこうした整合的な空間把握を困難にするように作られている。風景が風景であることに気づくのも、黒と白の帯がそれぞれカーテンとその向こうの壁であることに気づくのにも時間がかかる。この作品はその時間を扱っているのかもしれない。人物の出入りを梃子に、客観的な層構造の知解と、そのたんなる色彩の帯への還元は往復する。渡良瀬遊水地と須崎はその撮影された構図の類似によって関係するだけでなく、層と面（と打ったら「五月女ん」と変換された）のあいだで起こる振動にともに巻き込まれていく。

《You and I》シリーズは積木のような小さなオブジェで、彩色された幾何学的なパターンが描かれている。その二ー三個のパーツはとりあえずひとつのしかたで積まれているが、上下を入れ替えても左右に並べてもよさそうだ。四角い太巻きを切り出したようにパーツのひとつの面とその裏に同じパターンが描かれそれ以外の面は単色で塗られているので、タブローのように壁に掛けられるわけではないこの「絵画」は正面性を保っているが同時に裏面をもたない。

売店でマグカップが二種類売られていて気に入ったので買った（以前批評したリー・キットのマグカップもうちにある）。どちらも五月女の描いた人物像が取手を横とすると前と後ろに入っている。その胸像は頭部、首、衣服、これらを囲む縦に長い楕円の背景でできている。楕円の外はそれぞれ白と紺の単色で、この色はそれぞれの人物像の頭部と同色だ。ここでもウサギ－アヒル図的な振動が図と図のあいだでなく層と面のあいだで起こっている。

タブローが獲得したモビリティ、そしてそれとセットになった掛けられることへの自己反省性は五月女の作品群において軽快に組み替えられている。イメージはただ面として、いわば素面《しらふ》で、そこにあることに頓着していないようにも見える。しかし同時にイメージは層なしには存在しえず、《our time #2》が壁と関係しマグカップの頭部が背景を通り越して地と関係するように面は繰り込まれ迫り出す諸層の断面でもある。ここまでそれぞれの作品を見てきた、同時期に開催された三つの個展の総題「our time」は面と層を行き来する時間において現れる共同を指しているように思える。それは図どうしとしてつながるのでも地を介してつながるのでもなく、地／図による層と面を行き来する時間において切れたりつながったりする。それはまた空気を読む自意識でも深い層へ沈潜する無意識でもない、気づいたらそこにいる非意識的な共同でもあるだろう。五月女の描くたたずまいだけが抽象された人物はそのエンブレムだ。

五月女哲平《You and I #6》2020年

失恋工学概論

プラトン『パイドロス』（藤沢令夫訳、岩波文庫）

恋をしている者は相手が自分の思い通りにならなければなにをしでかすかわからない。したがって自分に恋をしていない者にこそ身をまかせなければならない。ソクラテス－プラトンは本書で、この「最古の恋愛工学」とでも呼ぶべき詭弁に対抗する。恋の狂気と醒めた実利、天上の真理と地上のテクニック、哲学的対話と口説き文句。恋と言語というふたつのテーマを撚り合わせる本書は、したがってまた「最古のマッチング文学論」でもあるだろう。

ソクラテスは、恋は狂気などではない、あるいは狂っているのはおまえのほうだという抗弁に訴えるのではなく、恋が狂気であることを積極的に認める。恋する者が狂って見えるのは彼／彼女がその相手にこの世ならぬ「イデア」の面影を見ているからであり、それは人間の感情のうちでもっともよいものである、と。しかしそこにあるのは、ロマンチストとリアリストの単純な対立ではない。「イデア」という概念を持ち出して話のフレームをひっくり返すこと自体がソクラテスの第一級のテクニックであり、彼自身最後に、当の対話全体が「慰み」であったとうそぶいてみせる。

中森弘樹『「死にたい」とつぶやく――座間9人殺害事件と親密圏の社会学』（慶應義塾大学出版会）

二〇一七年、座間市のアパートで九名の若者の遺体が発見される。世間に衝撃を与えたのは解体した遺体をクーラーボックスに詰めるその凄惨な手口だけではなく、犯人がツイッターで「死にたい」とつぶやく女性たちを検索で探し、自殺幇助をほのめかし自宅におびき寄せていたという事実だった。

中森はこの、SNSを通した「最悪のマッチング」が引き起こした事件について、「死にたい」という言葉の例外性から出発して考察する。われわれのコミュニケーションは基本的に各人がよりよく生きるためになされるものであり、共同体はそのような死にたくない者たちによって営まれる。したがって「死にたい」という言葉は徹底して非社会的な言葉であり、社会はそれを、たとえば「かまってほしいからそう言っているのだ」といったように、本当のところは生きたいのだという曲解を嚙ませることによってしか受け止めることができない。事件の不幸は、被害者たちにとって犯人がその言葉を文字通りに受け取った人物であったことでもあり、この最悪のマッチングもまた言語の、あるいは広い意味での「文学」の問題として考えられることを要求している。

榊原信行『負ける勇気を持って勝ちに行け！——雷神の言霊』（KADOKAWA）

著者の榊原は格闘技団体RIZINの代表であり、二〇二二年六月におこなわれた「THE MATCH 2022」のメインイベント、那須川天心vs.武尊の立役者である。那須川はRISE、武尊はK－1と、ふたりは別々の団体に所属し、那須川による最初の対戦要求から七年間ものあいだ「大人の事情」によってふたりはロミオとジュリエットのように隔てられていた。榊原は中立地帯となるリングを提供し、コロナ禍の鬱屈した空気を吹き飛ばすような究極の「三密」状況でなされる、「最高のマッチング」を取り計らった。東京ドームは満員札止めとなり、配信のチケットは五〇万枚以上を売り上げた。

マッチングアプリと同様、格闘技のプロモーターもまた現代のキューピッドである。格闘技におけるマッチングの重要性は、ほかのスポーツに比べて現役中にこなせる試合数が極端に少ないという身体的な要因が大きいだろう。プロ野球チームが年一四三試合をこなすのに対して、格闘技選手は年四試合すれば多いほうだ。いつ、誰と、どこで戦うのか。それを誰が、何が決めるのか。その選択は選手とファンが同居するSNSを巻き込んでなされ、容易に劇場化し、ときに選手は自分でも気付かないうちにみずからの価値をすり減らしてしまう。しかし良いマッチングの定義は明確である。負けた選手の価値が上がることだ。言論界をふくむ殺伐とした世界にあって、そのようなことがいまだに可能な格闘技から学ぶべきことは多いだろう。

＊＊＊

ここに挙げた三冊を通して考えられることに移る前に、なぜ選書に、特集の主たるトピックとして想定されているだろう「現代の恋愛におけるマッチング」にまつわる本を挙げなかったのかということについて書いておこう。そういうものはほかの方が選ぶだろうとか、そもそもあんまり恋愛についての本を読まないとか、外在的な事情もあるが、いちばんの理由は、いま恋愛について語るということがどういうことなのかよくわからないという、無力感のようなものだと思う。マッチングアプリ、アロマンティック、パパ活、国際ロマンス詐欺等々、トピックは無数にあるが、それらをどのように語れば、いま恋愛と呼ばれているものの社会のなかでの機能について語ったことになるのか。諸々の現代的な衣装の向こうに古めかしい答えを見いだして終わり、ではないしかたで語ることはできるのか。

さて、三冊いずれのケースにおいても問題となっているのは、ふたりの人間がそれを通じて出会う〈第三者〉の役割である。それは言語であったり、SNSであったり、格闘技の興行であったりする。よきマッチングのありかたを問うことはこうした第三者的なものを問うこととひとつながりになっているだろう。誰かと一緒にいるとき、ほかでもなくまさに「その人」といま一緒にいるのだと感じさせてくれるもののかたちは、実際のところきわめてバリエーションに富んでいる。そしてそれらはそれぞれなりに忘却されることによって第三者としての機能をはたす。眼鏡がその透明性や軽さによってかけていることを忘れさせることで眼鏡としての機能をはたすように。したがってマッチングを問うことは、多様な第三者の**それぞれなりの透明性**を問うことである。

たとえばそれ自体は無意味な相づちはどうだろう。会話のなかでなんとなく両手に包むマグカップはどうだろう。目線のやり場となってくれる窓の外の街路はどうだろう。当然それら自体は透明ではない。しかしそれらが「透明になってくれる」ことなしには、われわれは無色の狭い部屋で顔を突き合わせ、早晩なにひとつ話せなくなってしまうだろう。第三者の存在はそのまま、素通りを許す世界の余裕である。当然それはときに通行料を要求しもするし、実際その向こうには誰もいない、あなたを誘い込む「釣り」なのかもしれない。マッチングの困難は、第三者がなければわれわれは出会うことができないのにもかかわらず、恋をしているあいだはその第三者について盲目にならざるをえないというダブルバインドにある。

だとすれば、透明になってくれるものの不透明性、そしてその個別性を認識させてくれるのは、失恋をおいてほかにないだろう。失恋において遡行的に不透明性は見いだされる。失われた〈あなた〉の思い出は、気のない相づちの響きや街路の景色の断片と分かちがたく混ざり合う。われわれはそのようにしてしか、世界がもてあましているものの不透明性——それこそが世界と呼ばれるべきなのかもしれない——に出会いなおすことはできないだろう。そしていま失われているのは理想的なマッチングとしての純愛の可能性ではなく、そのような失恋の可能性なのではないだろうか。

スモーキング・エリア#4

時間の居残り

大阪に住んでいた頃に買った眼鏡をまだかけている。二〇一一年三月から二〇一七年三月までぴったり六年間住んでいた。そのあいだのいつ買ったのか思い出せない。まだ学部生だったような気がする。梅田の紀伊國屋書店で週四日、五時から一〇時まで働いていた。阪急の梅田駅にあるこの店は日本で最も来客数が多い書店と言われていて、しかしそれはなんということのない、ただ店を通り抜けるひとがものすごく多いというだけのことだ。ホームの真下にあって、中央口と茶屋町方面とDDハウス方面を結ぶ三角形をそのまま占めていて、ほとんどコンコースのように使われている。

それでも一日に数百人をレジで接客していた。本というものにこれだけ雑多な欲望が込められているのかと驚いた。小顔ローラーの付録付きムックを取り置きしているひと、布教に使うのだろうおなじ本を数十冊買うひと、検索して持って来させた社会学の本を買いながら古市憲寿の悪口を語るひと、オラクルカードのサンプルを延々めくっているひと。

たまに図書館司書のひとが突飛な問い合わせにぴったりの本をお勧めするということが記事になったりしているのを見かけるが、なんというか、そういうかちっとした人間的なコールアンドレスポンスというよりずっと荒々しく物々しい、人々が本に込めている異質な欲望をスムーズにお金に変えるための調整機みたいな感じだった。

　茶屋町のお店にコンタクトを着けて眼鏡を買いに行って、度数を合わせるときにそれを捨ててしまったのかレンズが出来上がるまで裸眼で待たなければならなかった。あたりをぶらぶらしていたのだけど慣れない景色に頭痛がしてきて道端の段差に座ってぼんやりしていた。

　小学校の図工の時間にノコギリを使って木の板を切っていた。板を抑えていた左手の親指に歯が当たって爪と一緒に下の皮膚までガリッと切ってしまった。なぜかそれを誰にも悟られたくなくて黙って教室を出た。緑色のリノリウムの廊下に赤黒い血がぽたぽたと落ちている。保健室のドアを開けると誰もいない。消毒をして絆創膏を貼った。しばらく薄暗い保健室にそのまま座っていた。

　中学の家庭科の時間に家の掃除についての授業を受けていた。しゃきしゃきしたおばちゃんの先生が、風呂掃除をするときに夫や息子が風呂で鼻をかんだり痰を吐いたりするので排水溝が詰まりやすく掃除が大変になるという話をした。それがとてもおぞましいものに思えた。話の内容よりもその話を彼女にここで話させているものが何なのかわからず当惑した。

小学校の全校集会で、保健担当の先生か誰かが、自分はトイレ掃除をしていて「混ぜるな危険」の洗剤を混ぜてしまい死にかけたことがある、**だから**洗剤を使うときは気をつけろという話をした。ある年の担任は自分の夫は小学生の頃机に鉛筆を立てていたときに後ろから小突かれ眼球に刺してしまい片目が盲目だ、**だから**机に鉛筆を立てるなという話を泣きながらした。こうした「だから」に感じた慄きは偶然や痛みが教訓以外ではありえないことへのとまどいだったのかもしれない。どうしてそんな話をするんだろう。それらは指導や教訓と呼ぶにはあまりに一般性がなく、同時に、それ以外の名目で話すにはあまりに唐突だ。「だから」が不器用にそのギャップを埋める。

ひとりでいるところいうエピソードが惑星直列のように連なって、時系列から切り離されたエアポケットみたいな場所から出られなくなる。ぜんぶ思い出せそうな気がしてくるが、それができないのはそれぞれのときの自分がまだそこにいるからだ。可能世界やループものの物語にどうも馴染めないのは、時間は「枝分かれ」するのではなく進む部分と取り残される部分とに分かれているような気がするからだ。戦闘機とそこから撒かれるフレアみたいに。給食をぜんぶ食べられずみんなが掃除を始めるなかでまだひとり席に座っているような、どこにも行き場がない時間というのは確かにあって、それはもうそこにしかない。田村カフカ君みたいに高松の山奥で日本兵に出会うのは極端な例だけど。誰が居残りの「その後」を覚えているだろう。居残りには前も後もない。今がその後であるのが信じられなくなってくる。

コンコースみたいな本屋で働き、必要に迫られれば話し相手のいない大学に通い、毎日のように街をうろうろしていた。ずっといらいらしていたような気もするし、ずっとぼんやりしていたような気も、ずっとうっすら空腹だったような気もする。ときおり好奇心旺盛な誰かと仲良くなりかけても数ヶ月でなにか違うなと思ったのかそっと（ときには怒り狂って）離れていった。

そこここに居残りしているのは今の僕にならなかった僕だ。前回の話とはまた少し（たぶん）違う意味で「僕でなくもない」ひと。本体がミサイルを躱《かわ》すために撒かれたフレア。世界の素っ気なさや人々のいびつな欲望に出会い、そこに居すくまっている僕でなくもない彼ら――と便宜的に呼ぶとして――は今の僕を見てどう思うだろう。彼らを裏切っているんじゃないかという不安にずっとどこかでつきまとわれてもいるし、ずっと彼らがいるところにいる気もする。どうしてこんな話をしてるんだろう。「だから」なんだという話をしようというのか。言葉が本体であとはぜんぶフレアなのかもしれない。フレアみたいに時間と一緒に居残る言葉もあるだろうか。少なくともそういう言葉との、というか、言葉とのそういう出会いかたを求めて本を読んでいる気がする。

見て、書くことの読点について

美術史であれ、美学であれ、芸術をあつかう学問の研究者がなにをしているかというと、基本的には「見て、書く」ということをやっている。『眼がスクリーンになるとき――ゼロから読むドゥルーズ『シネマ』』であつかった『シネマ』も、ドゥルーズという哲学者が映画を見て、書いた本だ。僕がこの本をとおして考えたのは「見て、書く」とはどういうことなのか、そのためには「見る」と「書く」がそれぞれどのようなものであるべきなのかということだ。

『眼がスクリーンになるとき』の冒頭に僕は「本書を読むにあたって、ドゥルーズについても、哲学についても、映画理論についても知っている必要はない。映画をどれだけ見たことがあるかということもまったく問題にならない。いずれにせよ本を読みながら映画を見ることはできないのだから」と書いた。本を読みながら映画を見ることはできない。だから映画の本を読むためにわざわざ映画を見なくてもよい。

ドゥルーズは「見て、書いた」が、「見ながら書いた」わけではない。これはたんに彼の時代にVHSもDVDも存在しなかったからというわけではなく、いくら映画を見直すための手段が充実しても、見ることと書くことのあいだには原理的でフィジカルな距離が存在している。そこに滑り込むものをたんなる忘却や思いちがいとして放逐しようとすると、見て、書いて、見て、書いて、見て……とえんえん見まちがいの不安に怯えながらくわしいだけの描写を積み上げていくことになるだろう。どうせ見ながら書くことはできないのだから、見ることと書くことの「距離」を条件にしたような書きかたを考えたほうがいいのではないか。見ることと書くことのあいだの読点を足場にすること。これはべつに哲学者や美術史家にとってだけでなく、ひろい意味で「経験」を書くことの源泉とする小説家や詩人にも当てはまるはずだ。

本の執筆は遅々として進まず、僕は気晴らしにというよりはやむにやまれず毎日のように散歩をしていた。ある夕方、道端に灰色と青みがかった鈍色のまじった塊が落ちており、それが視野に入ったときに鳩の死骸だと思ったが、もう一歩近づくと新聞紙で、その「新聞紙だ、と思った」瞬間に「新聞紙だと思ったら鳩の死骸だった」と状況を把握してしまう。目の前にはとうぜん新聞紙でしかないものがあり、「鳩の死骸だった」という宛先のない感覚と新聞紙でしかないものの不気味さがおなじくらいのリアリティを持つ。僕はしばらくその新聞紙でしかないものをためつすがめつ眺めて、「鳩の死骸だった」という鮮烈な「経験」を、僕と新聞紙でしかないもののあいだでどうやって折り合いをつければよいのか困りはててしまった。

僕は歩いていて、鳩の死骸だと思うかいなかのあいだに、すでにつぎの一歩は踏み出され、そうするともう新聞紙でしかないものがある。その驚きとともに経験は意識化される。その時点の「新聞紙だ、と思った」から経験の書き出しをおこなってしまう。そこに「〜だと思ったら〜だった」というある種の関数がやってくる。そして一歩前の僕は実際に「鳩の死骸だ（と思っていた）」という経験をしている。これらの要因から「新聞紙だと思ったら鳩の死骸だった」というイメージが刻み込まれてしまったのだろうか。やはり見ることと書くことのあいだには不思議な回路が埋め込まれているようだ。このことについていくつか思い出す文章がある。

磯崎憲一郎の小説『終の住処』にはつぎのような場面がある。主人公の男が公園を歩いていると、沼のほとりにひとりのおじいさんが立って、水面に向けて両手をかざしている。するとどこからか轟音が鳴り響き、主人公はおじいさんがこれから沼に滝を落とそうとしているのだと思う。彼が空を見上げると、ヘリコプターが飛んでいる。「おじいさんが沼に滝を落とす」というイメージの強さと、飛んでいるヘリコプターのあっけなさ。主人公はヘリコプターでしかないものをしばらく、僕のようにいぶかしげに眺めたことだろう。

詩人、貞久秀紀の言語論『雲の行方』からも例をふたつ。

ひとつめ。あるひとが山道を歩いている。とつぜん峠に差しかかり景色がひらけると、爽やかな風とともに大空があらわれ、それがあまりに澄み渡っていたのでそのひとは「湖のような空」だと思うが、すぐにそれが本物の湖だと気づく。実際は「空のような湖」だったということだ。貞久はこのことを「空」という比喩が「先まわりをして知覚されている」と書いている。湖を湖として見たあとに「空のような湖」と書くことが「ふつう」の順番だが、このひとは先に「空」を知覚してしまう。するとその「空」は、湖でしかないものを前に、そこに「のような」という穏当な回路を挟み込みようがないほどに、独立したリアリティをそのひとに書き込んでしまう。

ふたつめ。「幻肢痛」という言葉を聞いたことがあるかもしれない。欠損した体の一部に感じる痛みのことだ。ない指が、あるかのように痛む。しかし痛みが激しくなり、そこに指があるとしか思えなくなったとき、指に目を向けてみるとそこに指はやはりなく、

「このひとはつかのま、そこに「ある」はずの指が「ないかのように」感じられる。すなわち、実際には「ない」にもかかわらず、「ないかのように」感じられる」。こんどは事実に反した比喩を先まわりして知覚するのでなく、「ない」という事実を知覚しているのに、それが比喩としか思えないという反転が起こっている。「反実仮想」の「実」と「仮」が圧着する。指は、ないかのようにない。

するとと、貞久が言うように「なにも居ぬごときが時の金魚玉」（阿波野青畝）という句が、実際は金魚がいるのにいないかのように静かな金魚鉢を示しているのでなく、「いないかのようにいない」静けさを示しているようにも思えてくる。事実を比喩として提示しているのか、比喩が事実として迫ってくるのか、もはやわからない。

見ることと書くことのあいだにある回路は、この事実と比喩が識別不可能になる点をめぐっているように思える（『シネマ』にはこれに近いことを指す「結晶イメージ」という概念が出てくる）。見たものを書いているのか、頭のなかに書いてしまったものを見ているのか。それらは前後し、すれ違い、反転する。これはたんに見まちがいを擁護するということではない。「見て、書く」ことの読点に、哲学さえもそこに含まれるフィクションとしての創造の原器を、僕は見ている。

テーブルクロス・ピクチャープレーン
――リー・キット「僕らはもっと繊細だった。」展について

最初の一音を迎えにやさしく鍵盤に触れるような手、あるいはこのキーボードを打鍵する直前または直後の、私のためらいを宿したような手、その手首から先だけが、白く下塗りされた板に描かれている。床に置かれたプロジェクターからそこへ白い光が投げかけられている。板に広がる微細な格子状の肌理が支持体のものではなくプロジェクターのピクセルであることに気づくのは、手に近寄った私の影がそれを隠したときだ。したがってこの文章では「私」という主語の使用を避けることはできない。「筆者」も適当ではないだろう。書いている私とそのときそこにいた私を切り離すことなどできないからだ。「われわれ」もやめておこう。展示のタイトルはその言葉を使用したとたんに私を否応なく彼ら＝「僕ら」に組み入れる力を持っているからだ。

会場にある光源は自然光とプロジェクターの光、あとは各部屋をつなぐ廊下の小さな照明だけだ（口絵2）。ほの暗い部屋の中で「絵画」への適切な距離へと歩み寄る私のせいで、支持体と描かれたもの、投影されたものが様々に交代する。肌理の帰属先が宙づりになり、手

はその、言ってみれば「肌理そのもの」へとそっと置かれているように見えてくる。この肌理のありかたをさしあたり「テーブルクロス」と呼ぶことにしよう。手やマグカップがそこで休らい立ち去る。

リー・キットはハンド・ペインティングを施した布を、ピクニックシート、テーブルクロス、カーテン、布巾、シーツとして用いる作品によって画家として知られるようになった。[1] そこにはつねに漂白された暮らしの気配が漂っている。「僕らはもっと繊細だった。(We used to be more sensitive.)」と題された今回の展示にそのような手法は見られないものの、会場のそこここに置かれたマグカップや古い扇風機、ラジオ、そしてときにプロジェクターを置く什器として使用され、ときに廊下の隅にさりげなく置かれているアクリルケースなどの製品は会場を誰とも知れない誰かの、しかし親しみのある空間にする。

見知らぬ住宅街で漂ってくる夕飯の匂いのような非人称的な親しさとともに、「絵画」との正面切った相対は文字どおりにも不可能にされている。そのための地点はつねにプロジェクターの光を背中でさえぎってしまうからだ。私は作品から作品へとはす向かいに歩く。要素の帰属先を突き止めるというさかしらな意図がはたらくときを別にして。

作家は周りを庭で囲まれた窓の多い、もともとは邸宅である原美術館に一〇日間ほど通って今回の展示を構成したという。[2] 彼は自身の展示を「シチュエーション」と呼んできた。[3] この語の選択には、おそらく個々のファクターの関係性がアクチュアルな場を構成するということ以上に、それがつねに具体的なものであることの示唆を読み取るべきであるように思われる。会場の窓は、作品の抽象的な背景として退いていくのでなく、作品めいたものと、すくなくともその具体性において同等の存在をたたえている。作品リストもキャプションもない。それだけにこのシチュエーションは "works" というより "pieces" によってかたちづくられたものだという印象を与える。

二階のひとつの部屋の入口の向かいにある縦横二メートルほどの大きな腰窓は庭木の枝葉にほとんど覆われ、透かして入ってくる陽光はさらにガラスとロールスクリーンにやわらかく稀釈されている、その光、その色は、右奥の壁に投影された映像によって同じ大きさで反復されている。投影と描画のあいだの揺れ動きが構成したテーブルクロスは、ここでロールスクリーンに透ける実景と、フォーカスを外されたその映像とのあいだで両眼視差(parallax)的に編まれる。

レオ・スタインバーグは絵画が平面を情報のテーブルとしてあつかい始めたことを示すために「フラットベッド・ピクチャープレーン」という概念を案出した。[4] 絵画は光学的な世界

1 Hu Fang, "Surplus time", *Lee Kit: Never*, edited by Martin Germann, Koenig Books, 2016, London, p. 8.

2 作家は今回の展示に際したインタビューで、原美術館について「空間全体がカンヴァスのようだ」と語っている。

3 Martin Germann, "Preface", *Lee Kit*, p. 4.

4 Leo Steinberg, "Other criteria", *Other Criteria*, The University of Chicago Press, 2007 [1972], p. 84.(レオ・スタインバーグ「他の価値基準――③」林卓行訳、『美術手帖』一九九七年三月号、美術出版社、一八一頁)

へと開かれた窓であることをやめ、その面の上で様々な対象が操作される「作業台（work-bench）」へと変貌する。リー・キットのテーブルクロスは操作の場ではない。無防備な手足が、親しみのある製品が、そして途切れがちな言葉がとどまりすれ違う停留の場だ。「僕らはもっと繊細だった。」とタイトルに打たれた句点は、この言葉が、始まったとたんに終わるタイトルとしての時間ではなく、前後の文を想定しうる文章としての時間を宿していることを示しており、かつその内容は過去と現在のギャップへと引き込むことで即座に観る者を「僕ら」にする。彼らは「感じ入る」こと以外のオプションは取り上げられるだろう。私はここで、私を私と呼ぶためにいったん「僕ら」を「彼ら」と呼ばなければならない。

作品との一対一の正対というモダンな鑑賞は阻まれ、そのあとには「もっと繊細だった」「僕ら」という模糊とした親しさの連帯しか残されていないようにみえる。したがってリー・キットに対してはシリアスな態度も、カジュアルな態度も挫折を強いられる。批評としては論文スタイルも紀行文スタイルも失敗を約束されるわけだ。しかし批評はそもそも論文でも紀行文でもない。すくなくとも批評は「僕ら」をあらかじめ当て込むことはしないはずだ。

映像の字幕として、あるいは絵の中に書き込まれた文字として読まれる断片的な言葉は、ごく簡素な構文（"I am sorry, but I am happy", "Shave it carefully"）、あるいは間投詞（"Hello", "Hey"）や名詞句（"Selection of flowers or branches"）であり、これらはどれもイメージとの明示的な連関を持たない。かたちとしては呼びかけや命令や指示であるのにもかかわらず、言葉はそれらの機能を果たさず、宛先に届くことなく落下する。テーブルトークの下では言葉の孤独がざわめいている。[5]

そのとき初めて、「僕ら」をどこに位置づけるべきかが見えてくる。テーブルを挟んで「私」と「あなた」を交換し続ける発話者の側ではなく、彼らの言葉が落下し、彼らの手やマグカップが休むテーブルクロスの上にこそ、「僕ら」は、それらと並んで置かれている。肌理が物質的な帰属先から遊離することでシチュエーションが非物質的に閉じられたように、言葉はコミュニケーションから剥離することで自身の孤独を恢復する。この孤独な停留の場こそがテーブルクロス・ピクチャープレーンであり、リー・キットの絵画だ。そこでは親しさを人称化しないことの条件が問われている。この文章をスクロールしていないほうのあなたの手のために。

5　前掲のインタビューには次のような発言がある。「(原美術館について印象的だった) もうひとつの側面はこの美術館にある孤独な感じです。私はいつも孤独を東京と結びつけて考えていますが、そこにはポジティブでもネガティブでもない孤独というものがあります。この美術館もそれを持っていて、それはとても文明化されたたぐいの孤独です。私はただそれを、何か人間的なものとしてつかまえたかったのです」。

日記を書くことについて考えたときに読んだ本

――滝口悠生『長い一日』について

七月一九日。文字通り昨日読んだ本の話をしようと思う。

ちょうど半年前に tfukuo.com という個人サイトを作って、それから毎日そこに日記を書いている。私がふだん仕事として書く文章は哲学の論文、いろいろなジャンルの批評、そしてその時々のエッセイの三つに大別できる。それぞれに許容可能なテーマや書きかたがあって、それを支えにしたり逆手に取ったりして書くのだけど、テーマとフォーマットがあるということはどれも同じだ。日記を始めた理由のひとつは、そういうものから離れて文章を書くことに興味があったからだ。毎日、日付がタイトルになった文章を書くということだけが決まりとしてある。とはいえその日あったことを頭から順番にあれがあってこれがあってと箇条書き的に書くと「日誌」になって結局テーマと書きかたが固まってしまうので、それだけ注意する。その日あったこと、その日思い出したこと、その日考えたこと。その日のうちにありながら、何か別の日や別の場所に繋がっているような瞬間がすくい出せると嬉しい。

この文章の題材を決めかねていて、日記に絡めて書けるものにしようと滝口悠生の『長い一日』を本屋で買った。柔らかいレモンイエローのカバー、くすんだ水色の表紙、金色の光沢がつけられた茶色の見返し、素敵な装丁で幸先がいいと思った。講談社のPR誌、『本』に連載された長編小説で、それぞれの回のタイトルがそのまま三十いくつの章立てになっているようだ。物語は主人公とその妻が都内の借家から別の借家に引っ越すことを決心してから実行するまでの一年ほどのあいだを大まかな舞台としている。主人公で語り手の「私」は「滝口」と呼ばれる小説家で、著者自身の反映と思われるが、とうぜんどこからどこまでが事実なのかはわからない。しかし個人的な生活の事情を小説に書くこと自体にまつわる出来事も描かれており、それがこの小説のテーマのひとつでもある以上、「大枠としては事実である」という前提で読まないとそのテーマが効いてこないわけで、ここで私もそういう前提に立つことにする。

ちょっと説明的すぎる書きかたになってしまったが、言いたかったのはこの小説が他人事とは思えなかったということだ。些細な出来事がその日に別の日を呼び込む。言葉がその通路を辿るのか、言葉でできた通路を私が辿っているのか、わからなくなる。日記は事実を書き小説はフィクションを書くと截然と分ければ、日記は通路を言葉で辿り、小説は言葉で通路を作るのだと言えば済むようにも思える。しかし日記を書いていて思い出すことがあり、実際の出来事を思い出して書かれた小説がある。小説が「それ自体として」書かれ読まれることと、それが部分的に個人的な事柄に対応するということは両立する。しかしこれは危険な両立だ。この小説を読んでいるあいだずっと妙な胸騒ぎがしていた。これは日記じゃ書けないというところに出くわすたびに、この離陸は「私」をどこに連れて行ってしまうのかと。

小説の後半、連載の原稿を読んだ妻が内容の不服を訴えに講談社のビルに押しかける。これは正確ではない。なぜなら彼女は滝口——名前に引用符を付けるべきだろうか——に書かれたことによって、**書かれなかったことが消えてしまったた**かのようで腹を立てているからだ。そしてこの場面は、その場を偶然通りかかった主人公の友人の「窓目くん」の視点で描かれている。「私」はやすやすと語り手の地位を妻へ、窓目くんへと明け渡すが、妻の怒りと「私」の「私」へのこだわりのなさはどこかで繋がっているのではないか。「私」あるいは「今日」から離陸していくことの小説的な快楽だけでなく、そこに著者の生活と地続きのところにいる他者が巻き込まれることの危うさがこの小説には書かれている。しかし「私」が直接糾弾されるわけではないということを、どう考えればよいのだろうか。物語内で処理するのは安直だと言えばそうだが、どこかやきもきしてしまう。

私はあたうかぎり正直に日記を書いている。でもその正直さには帰属先がない。他人が知らないことばかり書いているし、日々に一貫性など求むべくもないからだ。何かイベントらしきことがあるとかえってそのイベント自体がシェアを求めるようにそれらしい装いの下に隠れてしまうし、たいていはなんにもなかったなとエディタの空白を眺めている。とりあえずそれを「イベントレスネス」と呼んでみている。日々がスカスカであるからこそ、そこに隙間風のように別の日が滑り込んで来る。書くまでは大変だが一息で書けるとこころでやめてしまえるのが日記のいいところだ。その意味で日記は一日を「短い一日」にすることで文章が低徊したり離陸したりすることを防いでいるとも言えるし、そのことから逃げているとも言える。

『長い一日』がその一日の長さにおいて引き受け、私の日記がその手前で切り上げているのは、「地の文」というものの過剰さだと思う。この小説には引用符で括られた会話が出てこない。

夫は、自分のこととなると、何を書けばいいのかよくわからなくて、うまく書けないが、窓目くんのことならうまく書ける、などと楽しそうに言う。そんなの、なんだかもの凄く勝手というか、人でなしなことではないのかと思うし、そんな人が夫であるというのはすごく危険なことなのではないかと思うのだけれど、と妻が言うと、窓目くんは、え、いま頃そんなことに気がついたの？　と言い、でも大丈夫だよ、どうせ何を書いたってたいして売れやしないんだから、と笑った。あ、大丈夫じゃないか。

（滝口悠生『長い一日』一一八頁）

こうして引用は、言葉の帰属先を私から切り離す。引用符は私の護符でもある。それに対してこの引用文のなかで起こっているのは、「私」のもとから伸びていった地の文が「私」を見返し、妻と窓目くんに引き渡されるプロセスだ。引っ越しが決まり、なかば過去になった家で地の文が一日を引き伸ばし、身近な人々がそこに巻き込まれ＝それを巻き取っていく。しかしそのなかで、書かれなかったことが消えてしまったと言う妻の怒りは、どこにヒットするのか。それ自体すでに「妻」の怒りなのだとしたらその宛先は見つからないだろう。それこそ「人でなし」ではないか。書評じゃないのだから「わからない」と言ってしまえばいいと思う。他人様の家のことなど知ったことでないと思う。私にもヒットしうると思う。もう七月二二日。三日もかかってしまった。

ひとんちに日記を送る

自分でサイトを立ち上げて、そこで一年間毎日書いた日記の本を自費出版で作って、『日記〈私家版〉』として三六五部限定で売っている。

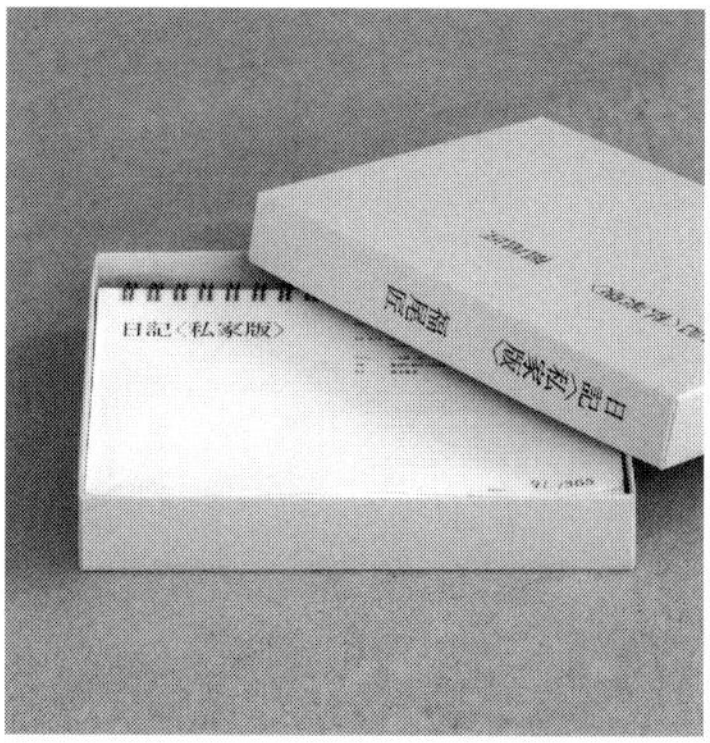

『日記〈私家版〉』 デザイン＝八木幣二郎　写真＝竹久直樹

　この本には表紙がなく、本文用紙だけがリングで綴じられていて、ページを見開き単位で横にめくるのではなく、縦に三六〇度めくるカレンダーやメモパッドみたいな作りになっている。一ページに一日の日記を機械的に割り振っており、日々は各回の文字数によって伸び縮みしつつ、日付によってスパスパと切り分けられる。

　これだけだとあまりに構造的に脆いのもあり（無印良品の再生紙のブロックメモとさして変わ

らない)、専用の函も制作した。通常の函装はハードカバーの本体を小口側から開口部に挿すが、私家版では底部と蓋部が分かれた函に平置きした本体をパカッと収める。フラジャイルな本体をカチッとした函にしまう感じが、日記がもつ気安さと私秘性の共存に響き合っているようで気に入っている。

印刷所(藤原印刷株式会社)から本体が、紙函の会社(株式会社羽車)から函が届く。数十の重たい段ボール箱が部屋の壁沿いに並び、部屋がひとまわり狭くなる。函は自分で組み立てなければならないので、映画『パラサイト』のお父さんみたいに折り目の入った厚紙をひたすら組み立てていく。一冊ごとにエディション番号を手書きした本体を函に入れて、さらにそれをダンボールワンでまとめ買いしたクッション付きの封筒に入れてやっと配送できる状態になる。すでに二〇〇件ほど注文が入っていて、封筒を台車でファミリーマートに持っていき、ファミポートで匿名配送用の送り状を注文ごとに発行し(販売者・購入者が互いに住所氏名を知らせることなく配送できる、個人ECプラットフォームBOOTHとヤマト運輸が連携したサービス)、レジで発送手続きをする。店員にはニートの転売ヤーか何かと思われたことだろう。それにしてもすごい手間だ。

一週間ほどかかってやっと初動でドカっと来ていた注文に発送作業が追いついて、あとは随時送るだけなのでもうファミマの店員さんに迷惑をかけることもない。部屋はいくぶんすっきりした。小分けになってひとんちに散らばったのだ。自分の部屋が自分の日記だらけなのも変な感じだが、ひとんちに自分の日記があるのはもっと変だ。

たいてい理由というのはそういうものだが、二〇二一年一月に日記を始めたのにも複合的な理由があった。直前の年末に博士論文を提出して、これからしばらく暇になりそうだなと思ったこと、ドメインを取ってサーバーを借りて自分のサイトを作ったはいいものの、何か継続的なコンテンツがないと意味がないなと思ったこと、博論で文字通りにも比喩的にも肩がガチガチに凝り、かといってツイッターは「言うべきこと」で溢れていて、むしろ言うべきことの少なさのために書かれるものが、僕を癒しあわよくば読者を癒すこともあるのではないかと思ったこと、籠りがちな生活のなかユーチューバーたちが毎日投稿する短いなんということのない動画に、たんにそれが毎日投稿されるということ自体にどこか救いのようなものを感じていたこと、ゴダールがどこかのインタビューで、若い作家へのアドバイスとしてまずはiPhoneで自分の一日を映画にしてみるといいと言っていたこと。

これら当時ぼんやりと頭のなかを渦巻いていた動機が日記を書くなかで一年かけて少しずつ分極されてきた。その一端をふたつの軸に分けて書いておこう。

まず〈メタテクスト／プレーンテクスト〉という軸だ。情報理論の用語で「メタデータ」とは、文字や画像などのデータがいつどこで誰によって作成されたかを記したものを指す。それを（無理やり）敷衍すればプレーンテクストがベタに思ったことや見たことを書くもので、メタテクストはそれを書くことの意味や外在的な状況を説明するものだと言えるだろう。昨今のSNSでの話題の高速回転と避けがたく絡みあった言論状況を見ていて、すべてがメタテクスト、一般的な言葉で言えばポジショントークに回収されていくことに危機感を覚えているひとも少なくないはずだ。僕自身ひとりの書き手として、何かを褒めたり批判したりしたときに、福尾は男だからとか誰々と仲が良いからとかそういう邪推を抜きに、言葉を真に受けてもらえるような場所を確保しておかないとヤバいという自覚があった。

そして他方で、僕が普段書いている思想や批評の文章はそれこそ「メタ」に対象を論じるものだと思われがちだが、それは対象から剝離した散文である以上、日記のようなただあったことを書くプレーンな散文と同じなのだということを自分で実験したいという思いもあった。不思議なことに日記のなかでは日記について書くことすら、毎日書いているんだからそういうこともあるだろうということなのか、プレーンなものになる（少なくとも僕はそう感じる）。これは発見だった。

ふたつめの軸は〈イベントフルネス／イベントレスネス〉で、ひとことで言えば暇であること、書くべきことの少なさに対応するような言葉のありかたに興味があった。メタテクストの全面化が言葉の形式面に関わることだとすれば、内容面には論説するべきオピニオンやシェアするべきイベントの横溢があり、その両面にそつなく対応することがソーシャル・スキルなのだということになる。

ドゥルーズという哲学者は晩年に「言うべきことが何もないという幸福」と言ったけど、僕はそこまで達観するつもりもないし、イベントフルな状態（をメタに「匂わせ」ること）への衝迫がまったくないと言えばウソになる。だからこそ今日は何もなかったなと思いながらキーボードに向かいぽつぽつと連ねていく言葉のほうから、あらかじめシェア可能なものとして与えられたのではないイベントの輪郭が浮かび上がることに喜びを感じていた。うまくいかない日も多いけど、大事なのはそういう屈託を感知できることだ。

ソーシャルでイベントフルな、「密」を避けることでかえってどんどん狭くなっていく世界に吹く、かすかな隙間風に乗って飛んでいってしまうような出来事や断想は、書いても書かなくてもある。でもその「ある」への信頼は、それを書き続けることでしか維持できない。文字通りあるかないかのそうした儚い信頼が、いま本になって、ひとんちの本棚に収まっている。あるいは僕の部屋に積まれている。自分の日記が部屋で「不良在庫」になるのはなかなかキツいものがあるので、よければあなたもぜひ一冊どうぞ。

Tele-vision は離れて見てね

あの、『ヒルナンデス！』[1]っていう凄い番組あるじゃないですか。なによりあれ二時間番組なんですよ。一二時から二時までやってて。おそらくぜんぶ見ることは想定されてないし、そんなひとはなかなかいないと思うんだけど。それをぜんぶ見てたんです。五年くらい前、毎日『ヒルナンデス！』をわざわざ録画して見てる時期があって。当時からこれはヤバいだろと思っていて、ちょっとした文章くらいにはなるかなとも思ってたんだけどまあそういうのってきっかけがないと書かないし、そもそもそういうキッチュな対象を露悪的に書くこと自体にだんだん興味がなくなってきて。

そういえばあの番組、スタートが東日本大震災の直後なんですよね。でも僕自身はその四月に地元から大阪に出てきて大学に入ったばっかりでテレビもなかったしまだツイッターもやってなかった。このコロナ禍のタイミングで新入生になったひとほどじゃないかもしれな

1　二〇一一年三月に放送開始された日本テレビ系列の情報番組。放送時間は月曜から金曜の一一時五五分－一三時五五分。

いけど、個人的にはそうとうにぼんやりした状況でした。あの時期のテレビがどういうものだったか多くのひとはもう忘れてしまってるだろうし、僕も震災があって実家を出るまでの数週間しか知らない。一般的には震災以後のメディア環境というとＳＮＳおよび動画配信サービス全入時代で、もはやテレビはそういうプラットフォームでバズったものを後追いで扱うような番組や企画を作る場所になってしまっている。でもツイッターでは毎日のようにテレビ出演者の発言や不祥事で炎上しているし、ネットはもうマスメディアに対するオルタナティブではなくなって久しい。ゼロ年代にあったようなレガシーメディアとニューメディアの対立そのものがなし崩し的に解体されて、でも相変わらずテレビはテレビっぽいしツイッターはツイッターっぽく、番組名のハッシュタグをつけてつぶやくと取り上げられるとか、どうしてか根本的につまんない。『着信御礼！ケータイ大喜利』[2]からなんにも変わってない。ガラケー的な「着信」というパラダイムすらテレビは抜け出していないし、もっと言えばみのもんたが主婦と生電話してたときのほうがよっぽど「インタラクティブ」だった。

　それで、テレビが、地デジ化のときに喧伝されたような視聴者との相互性という方向で発展することを諦めるとして、というか実際もうポーズとしてしかそういうことはなされていないと思うんだけど、何がテレビの特殊性として残るかというと善かれ悪しかれ、**映像を見るひとを見るメディア**だということだと思うんですよね。ロケの映像とか再現ＶＴＲとかが画面全体に映されてて、その隅っこにスタジオ出演者の顔が切り抜かれて重ねられる「ワイプ」がある。報道、ワイドショー、バラエティ、ドキュメンタリー、リアリティショーといったジャンルを越えてテレビのテレビらしさを特徴づけているのはあのワイプだと思う。言い換えればスタジオというものの存在がテレビのテレビ性を支えている。それはやっぱり映画ともユーチューブともぜんぜん違う。その意味で『テラスハウス』[3]のあの居間を模したスタジオは象徴的で、優秀なテレビタレントは優秀な視聴者、模範的な「お茶の間」のひとであることを意味する。そして彼らに見られコメントされる側の人間はそれこそ露悪的に言えば猿回しの猿的に対象化されている。

しかし『ヒルナンデス!』が恐ろしいのは、この感嘆符がすでに恐いんですがそれは措くとして、スタジオとその外の映像の主従が逆転している点にある。さっき言ったようにこれは二時間番組で、でも、メインMCのナンチャンをはじめとするスタジオ出演者が画面全体に映されるのはそのうちわずか五分程度しかないんですよ。それ以外はずっと順々にワイプに顔だけ映って、しかも全員立ちっぱなしで、ロケに行ってるタレントが何か食べたり一般の主婦が変身したりするのを見て笑ったり頷いたりしてる。何か言ってもロケの映像に比べて音がだいぶ絞られていて、大半は「何か言ってる」ということしかわからないし、たぶんそれでいいんだと思う。よく同時間帯にやられている『バイキング』[4]の出演者の発言が問題

2 二〇〇五年一月に放送開始されたNHKの大喜利バラエティ番組。二〇一七年に終了している。メールで視聴者からお題に対する回答を募ってリアルタイムに評価する。

3 二〇一二年一〇月に放送開始されたフジテレビ系列の恋愛リアリティショー番組。

になっていたりしますが、そっちのほうがよっぽど人間的な作りだと思う。あれはあれで坂上忍がMCなのに「雛壇」に座っていて空恐ろしいところはあるんですが少なくともスタジオがちゃんとお喋りをする場になっていて、それが番組の主たるコンテンツになっている。『踊る！さんま御殿!!』[5]の明石家さんまとか『行列のできる法律相談所』[6]の島田紳助とか、スタジオで見た映像をネタにして喋りの上手なMCが出演者に話を振って回していくのがかたちとしてクラシカルだとして、『ヒルナンデス！』のナンチャンはそういう上手さに達しないことを条件づけられている。この番組の司会は有吉とか千原ジュニアとか、そういう上手さを期待されている芸人にはできないでしょう。とても残酷なキャスティングです。相方のウッチャンがやっている『痛快TV　スカッとジャパン』[7]も、このコンビがもつ棘がなく民主的な感じが残酷に使われている。個人としての発言や振る舞いの影響力は同世代のダウンタウンのふたりのほうが圧倒的に大きいんだろうけど、それだけに問題が属人的なものにされるのでまだ御しやすいというか、どちらかと言うと危険なのは個人の思想ではなくその御しやすさのトラップなんじゃないかという気がします。

　その点で『ヒルナンデス！』はなんていうか、剝き出しのテレビっていう感じがするんですよね。全国放送なのに東京のお店の情報ばっかりだし。いったい何を見せられてるのかという気がしてくる。でもロケの映像がほんとによくできてるからぼおっと見ちゃうんですよね。発言者に対するカット割りもしっかりしてて、ボケがあってツッコミがあって、デカい色付きの字幕が飛び出して、ぬらぬらした食べ物がどアップで映る。もう言うことないわけです。それでスタジオの出演者は二時間立ちっぱなしでニコニコしてる。二時間立ちっぱなしで広告を見続けてるわけです。モニターから目を離すことは許されない。

ロケ映像はすでに撮られたもので、生放送なのでそれをスタジオ出演者と視聴者は同じ時間のなかで見る。でも要素はこれだけではなくて、ナレーションというか天の声というか、映画の用語で言えばボイスオーバーの出演者がいます。この声がその日の企画のラインナップやVTRのなかに出てくるお店の情報を読み上げるんですが、重要なのはこの声が生で収録されているということです。すべてのパートでそうなのかは確かめられませんが、少なくともこの声はときおりスタジオ出演者に語りかける。典型的なのは突然出されるクイズです。授業中ぼおっとしているところを指されてうろたえる生徒みたいに、スタジオ出演者はVTRに出てくるものについていきなり質問される。これはいくらでしょうとかこの新作のスイーツは何味でしょうとか、どうでもいい質問に大袈裟にあたふたするところをわれわれは虚ろに笑って見る。テレビにしか生み出すことのできない虚ろな笑いというものは確かにあり

4　二〇一四年に放送開始されたフジテレビ系列のワイドショー。
5　一九九七年一〇月に放送開始された日本テレビ系列のバラエティ番組。
6　二〇〇二年四月に放送開始された日本テレビ系列のバラエティ番組。島田紳助が二〇一一年の芸能界引退まで司会を務めていた。
7　二〇一四年一〇月に放送開始されたフジテレビ系列のバラエティ番組。

ます。

ともあれここでは、映像が教材で声が教師でスタジオ出演者は生徒という構造になっている。『スッキリ』[8]の山里亮太も天の声をやっていますが、こちらはその構造をなかば戯画化していて、ヤンキーの生徒であるところの加藤浩次が先生に茶々を入れるところに学園コメディ的な側面がある。その意味でも『ヒルナンデス！』は殺伐としていて、クイズに正解した生徒だけがＶＴＲに出てきた食べ物を食べられたりする。

何かが映像の向こうからこちらにやってくる。それは商品だったり変身して「おしゃれ」になった主婦だったりするんですが、いずれにせよそれはわれわれ視聴者が広告を通じて商品に到達することとパラレルになっている。画面を窓に喩えるのは常套句だけど、スタジオ出演者が見る透明な窓を介して商品が移動するところを視聴者はワイプ付きの画面で見る。ワイプはその商品が欲望されるべきものであることを教えてくれるし、商品はいつもご褒美として提示される。商品－広告－消費者という系列がふたつの画面をまたいで組織されることで、この系列自体がメタ広告のようなものとして視聴者に見せられる。そして言うまでもなく約一五分おきにふつうの意味での広告が流れて、それを我慢するための純粋クリフハンガーみたいなものとして「答えはＣＭのあと！」とクイズが出されたり、思い出したように、あるいは忘れるなよと言うように、ちらっとスタジオがメインで映ったりする。答えがどうでもいいとわかっていることはチャンネルを変える理由にはならない。二時間立ちっぱなしの出演者のことを思えばなおさらです。繰り返しますがこうした残酷さを属人的なものに帰すことができないことこそが残酷だなと思います。

映像を見るひとを見るメディアとしてテレビというものをロケや再現VTRとスタジオとのワイプを通した関係という観点から見てみると、そこにはいろんな問題が絡んでいることがわかってきます。商品－広告－消費者の「理想的な」関係が表象されているものとしても、東京と地方の関係が表象されているものとしても、『スカッとジャパン』的な世俗道徳の、あるいは『テラスハウス』的な恋愛観の伝達装置としても見ることができる。たんに見せたいものを撮って見せるのでなくその映像への反応をセットにして提供するという妙なことが、ドラマやかっちりとしたドキュメンタリーを別にすればほとんどすべての番組でおこなわれている。最初に思い浮かぶその理由は反応の型を提示して視聴者の認知ストレスを下げることですが、逆に言うとやはりテレビくらいマスに届けること、つまり視聴者が**ちゃんと見ない**ということを想定しているメディアでなければワイプの恒常的な使用はここまで幅を利かせなかったでしょう。

この貧しさと表裏一体になった「優しさ」とわれわれはどう付き合うべきなんでしょうか。ワイプなしであらゆる映像がそれ単体で、言ってみれば「作品」として自立しているようなものしか流れていないものをわれわれは「テレビ」と呼ぶんでしょうか。テレビ自体に「離

8　二〇〇六年四月に放送開始された日本テレビ系列のワイドショー。放送開始時の番組名は『スッキリ!!』だったが二〇一七年九月に『スッキリ』に改称された。

れて見てね」ということが条件として組み込まれているとして、われわれはその距離をどのように使用したらいいのか。この問い自体へのコミットメントをくだらないと退けテレビに背を向けることはあまりに容易ですが、震災以降はネットによってマスメディアをひっくり返すということの難しさを、そしてとりわけリベラルは「マス」というものの頑強さを思い知らされ続けた約一〇年間でもあったと思います。

たとえば『アーキテクチャの生態系』[9]で濱野智史はニコニコ動画のコメントに「擬似同期」という構造を見いだし、動画の視聴につねに他の視聴者とのある種の共同性が入り込むことを論じそこにある種のネット民主主義的な可能性を描き出しました。ばらばらのタイミングで書き込まれたコメントが画面を覆うことで、見ている私といつかコメントをしたひとらがいま一緒に見ているかのような錯覚が生まれる。

しかしここまで見てきたようにテレビはその「一緒に見る」ということをテレビタレントに演じさせる。それは濱野が取り出したような構造をあらかじめ制作者の側で演出するものでもある。スタジオで繰り広げられる視聴の共同性自体がひとつのショーとしてすでに用意されていて、文字通りの視聴者はその共同性を離れて見るわけです。

千鳥の『相席食堂』[10]はそうした共同性を作ること自体がコンセプトになっている番組と言えると思います。小籔千豊の『ハイパーハードボイルドグルメリポート』[11]とかオードリーの『のぞき見ドキュメント　100カメ』[12]とかにも共通するんだけど、これら四〇代くらいの中堅芸人の比較的新しい番組は映像に映ったものが画面のこちらにやってくることはあり得ないという前提で作られていて、スタジオでただ映像を見てコメントすることで成り立っている。小籔の番組がわかりやすいんですが、これはリベリアの元少女兵や中東からヨーロッパに密入国する難民とかが食べるご飯を食べに行く番組で、単身で現地に行っているらしい上出遼平というディレクターが完全にサイトスペシフィックなグルメのリポートをする。何もないスタジオで独りパイプ椅子に座った小籔がそれを見ているところがワイプに映っているんですが、普段あれほど饒舌な彼がコメントに困っている。とうぜんこれがそれですといって料理がスタジオに出てくることもない。この番組は純粋にドキュメンタリーとして取材の映像だけでも成り立つくらいのものですが、ここにスタジオおよびワイプをあえて持ち込んでいることに、眼差された商品が集まってくる場所としてスタジオを使用する通常の「グルメリポート」的なものへの批評性が宿っている。

『相席食堂』はうってかわって賑やかな番組ですが、ひとことで言えばロケ芸人としてキャ

9 濱野智史『アーキテクチャの生態系——情報環境はいかに設計されてきたか』、NTT出版、二〇〇八年。

10 二〇一八年四月に放送開始された朝日放送のバラエティ番組。

11 二〇一七年から不定期放送されているテレビ東京系列のドキュメンタリー番組。

12 二〇二〇年から不定期放送されているNHKのドキュメンタリー番組。一〇〇台のカメラを特定の場所に設置し撮影された映像をオードリーのふたりが見る。今年七月には全国の外出自粛中の二五世帯を撮影した『100カメ特別版　緊急事態宣言下のステイホーム』が放送された。

リアを積んできた千鳥のふたりが他人のロケを批評する番組です。居酒屋を模したスタジオにふたりが座っていて、そのあいだに大きなボタンが置いてある。毎週違うタレントが地方に行くロケ映像が流されて、ワイプに映っている彼らがそのボタンを押すと「ちょっと待てぃ！」という声とともにスタジオメインの映像に切り替わる。ロケ慣れしていないタレントのぎこちないところを目ざとく見つけて、ふたりで笑いながらツッコんだり何度もリピートして見たりする。『ヒルナンデス！』のロケが複数人のタレントどうしの掛け合いとそのカット割りでリズムを作っているのに対して、『相席食堂』のロケは基本ひとりでやっているから映像がどうしても単調になってしまってタレントの力量に比重がかかる。千鳥がずっとやってきた地方番組的な貧しさが活かされている点も興味深くて、そういうロケ映像をふたりが骨までしゃぶるように見るわけです。

何より重要なのはこれが楽しそうに行われていることだと思います。ほんとに楽しそうに笑い転げている。もちろんロケをしているひとが「笑い者」にされているんだけど、初対面の素人にカメラに映ってもらって一緒に喋るということの難しさと、そこにある機微を深く理解しているからわかる失敗を彼らは笑っているし、ロケがうまくいくと彼らは素直に感心する。

小籔の番組にせよ『相席食堂』にせよ、大袈裟な言いかたをすればロケの現場、そしてロケ映像とスタジオとのあいだで発生する人類学的な問題にアプローチしているようにも思えます。フィールドでの研究とその成果のアカデミックな発表が植民地主義的なものへの加担に陥らないように人類学者が心を砕くのと同じような配慮がそこにはあるし、それが番組の面白さの核になっているのもすごいと思う。

『ハイパーハードボイルドグルメリポート』がグルメリポートという形式の批評的な捉え返しになっているように『相席食堂』はロケ番組というものの批評だし、文字通りロケ映像を批評している。そのとき『ヒルナンデス！』的な商品－広告－消費者というトリアーデは乗り越えられて、スタジオでのコメントを聞くほどにロケの映像が見えるようになってくる。あのボタンによってスタジオがロケ映像をたんなるきっかけにしておしゃべりに興じる場所でもなくそこに映っていたものを食べる場所でもなく、映像をもっとよく見るための場所になっている。

テレビを「離れて見る」、その隔たりが商品とわれわれのあいだにあるときと、映像とわれわれのあいだにあるときがあって、後者のときだけ三角形は切り裂かれて、われわれは資本の構造からもそれを露悪的に暴いて満足する制度論からも逃れて初めてちゃんと視聴者になれる。楽しくなければテレビじゃないというコピーはどこまでもリテラルに受け取るべきで、そこから批評の楽しさも跳ね返って見えてくる。楽しいということが視聴の共同性が消費や道徳の共同性にすり替わらないようにするための抵抗になりうるということをテレビは教えてくれます。

画鋲を抜いて剝がれたらそれは写真

——迫鉄平「FLIM」展について

カート・ヴォネガットのSF小説『タイタンの妖女』（一九五九年）で、いつもながらトラルファマドール星人の操り人形になっている（が、そうとは知らない幸福な）主人公が、「僕はパンクチュアル（punctual）な存在だからね」と、冗談めかして言うときには、まず彼が「時間どおり（on time）」に行動していること、そして彼が時間のなかでひとつの「点（punkt）」として存在していることを意味している。このヴォネガット的なブロック宇宙の悲哀——言ってみれば彼の小説のなかで人間はいつもトラルファマドール星人のブロック遊びに付き合わされているわけだ——への一瞥とともに、「映画的なもの（le filmique）」は運動のなかに見いだすことはできず、映画の静止画（still）にこそそれを見ることができると映画をバラバラのスティルに還元し、まさにブロック遊びの対象にしたロラン・バルト（『第三の意味』）が、写真の本質はプンクトゥム（punctum）にあるとし、そこに「それはかつてあった（ça a été）」という過去の標《しるし》が点として打たれていると言ったことが思い出される（『明るい部屋』）。すると写真はパンクチュアルに、時間とともに生長するブロックとしての宇宙のスライスのどこかに画鋲で留められているのだということになるだろう。

写真家の迫鉄平が個展「FLIM」で発表した一七分ほどの映像作品《FLIM》（口絵5）は、彼が直立不動の姿勢でスマートフォンを構えて撮影した合計二〇のショットからなる。それぞれのショットは別々の場面を映しており連続性はなく、中央線のホームに電車が入ってくるところ、街中に植えられた棕櫚の葉が揺れているところ、あるいは対象を端的に指定するのが難しいほど凡庸な郊外の風景などが、だらだらと、あいまに次の映像のタイトルが挟まれたりしながら続いてゆく。ウォーホル以降の「停まった映画（cinema of stasis）」（ジャスティン・リメス）の系譜に加えることもできるだろう。しかしリメスがあくまで映画あるいは実験映画における、静止性（stillness）による「運動」優位のパラダイムの相対化を——ひとつにはバルトの仕事の延長として——図るのに対して、迫のこの一七分間の持続を持つ映像は、むしろ最初から止まったものである写真への反省をうながしているように思える。この作品において、彼が写真家であることはいっさい損なわれていない。それはとても難しいことであるはずだ。

JR中央線国分寺駅のホーム。夕日が低いところから差し込むコンクリートの壁に、画面の四分の一ほどを占める大きさ（幅四メートルほどだろうか）のガラス窓が開いている。カメラのすぐ左前方に立っている女性の肩越しには、その窓の左側にある「まるい食遊館」の文字が見られ、どうやらホームからスーパーの食料品売り場が窓越しに見通せるようになっているようだ。窓の向こうに並べられた椅子に男性がこちらに背を向けて座っているのが見える。電車の走行音が聞こえたかと思うと、オレンジ色の帯とともに中央線の車両が画面左から手前の女性と奥の男性のあいだに滑り込んでくる。窓は完全に隠され、しばらく女性と停止を始める車両だけが画面を占め、ドアが開くと女性が乗り込み、車両がホームを抜けるとさっき座っていた男性がいなくなっている。

《FLIM》冒頭の、六分間という例外的な長さをもつこの映像には、同様の手法を用いてここ数年のあいだに写真のかたわらで撮影されてきた、彼の映像作品の達成が凝縮されているように思われる。二〇一六年秋に東京都写真美術館で行われた個展「剣とサンダル」のコンセプトに、迫はスナップショットが「あっ」であるのに対して映像作品は「あーーー」であると書いているが、この言葉は彼の写真と映像の関係をこれ以上ないほど的確に言い当てている。[2] 写真は「あっ」で、映像は「あーーー」。写真が「あっ」であるのは、迫にとってだけでなく、いわゆる「決定的瞬間」もそうであるし、バルトにとってもそうだろう。写真はパンクチュエーションをこととするのだ。「句読点を打つ」ことで「時点」を構成するような瞬間をとらえ、面を針で「刺し留める」こと。

しかし映像が「あーーー」であることは、写真への反省性のもとにある迫の映像作品に特殊な事情によるものであるだろう。これはたんに、写真で撮ったなら「あっ」となる瞬間を

1 Justin Remes, *Motion(less) Pictures: The Cinema of Stasis*, Columbia University Press, 2015.

2 写真新世紀ウェブサイトより。迫鉄平「剣とサンダル」インタビュー。

映像で撮影し、その瞬間がだらだらと流れ去るのをとらえるということを意味しはしない。もしそれだけにとどまるならば、映像作品は迫の写真に従属したものにすぎないことになる。窓、車両、車両のドア、車両、窓。入れ替わり立ち替わり面が面を覆う。しかし窓は、車両がそこを横切ったときにはじめて「面であった」ことが発覚し、車両が面であったことはそこにドアが口を開けてはじめて発覚する。また窓が現れたときには、眼差しはその向こうを見通す手前で停止している。《FLIM》には「剝がれる」あるいは「はためく」面のモチーフが散見されるが、「あーーー」とはこの剝がれ、はためきであり、ここにある「それが面であったことの発覚」にこそ写真への反省性は宿っている。

古代ギリシャの哲学者・エピクロスの「内送理論（intromission theory）」と呼ばれる視覚理論においては、対象から剝がれ落ちる皮膜（エイドスあるいはシミュラクル）が眼へと送られてくることで視覚が成立すると考えられている。迫の参加する The Copy Travelers というユニットの《コピササイズ》は、まさに、一定のリズムでスキャンを繰り返すコピー機のスキャナに、忙しく雑誌の切り抜きや文房具や角材を乗せたりどかしたりし、そうした対象からなかば偶然に剝ぎ取られた皮膜を提示する。この剝ぎ取りと固定がパンクチュエーションとしての写真であるとするなら、迫の映像はいわば「ディスパンクチュエーション」をことするのだ。面を刺し留めていた針を抜き、その剝がれにおいて遡行的にその面が「写真」であったことを暴露すること。画鋲を抜いてみて剝がれたらそれは写真なのだ。この、ともすれば「おいしかったらそれはチャーハンなのだ」というくらい不条理になりかねない逆転にこそ、映像だけが強いることのできる写真への反省性があるのではないだろうか。

ジャンルは何のために？
——絵画の場合（千葉正也、ロザリンド・クラウス、本山ゆかり）

オブジェに擬態するメディウム——千葉正也

受付で名前を書く紙を渡される。コロナの感染者が出たときのための連絡用かと思ったら、会場を撮影・配信するための許諾書だった。まあいいかと思いながら書いて入場券を受け取る。絵が描いてある、というか、絵しか描いていない。「千葉正也個展」「東京オペラシティアートギャラリー」「2021年1月16日(土)－3月21日(日)」といった文字も、絵の上に重ねるのではなく絵の一部として描かれている。青緑色の紙粘土の板に、同じ粘土がチューブから捻り出された絵具のようにうねうねと這っているのが描かれ、文字はその上から細い筆で書かれたように描かれている。紙粘土で造形されたモチーフは本個展にも集められたこれまでの千葉の作品に頻出しており、その質感や凹凸の表現は紙粘土＝三次元／絵画＝二次元の区別を曖昧にする。それはたんに立体的なものを写実的に描くということではなく、紙粘土と乾いた絵具の質感の類似は、絵画平面そのものの凹凸をイリュージョンとして描くことに寄与している。つまり薄塗りで描かれた紙粘土の凹凸を厚く盛られた絵具と見間違えることと、リンゴの絵を見てリンゴがそこにあるかのようだと思うこととは、イリュージョンの位置する場所が異なるということだ。

しかし千葉の絵画は、このふたつのレベルを巧妙に重ね合わせることにこそ取り組んでいるように思われる。それはキャンバスの全面を紙粘土の質感で覆い、そこに形態や引っ掻いた線を浅く浮かび上がらせ、沈み込ませる二〇二〇年以降の新作に顕著な傾向だ。会場に分散された旧作／新作を境にして、紙粘土の造形は彫刻的なオブジェから平面的なレリーフに移行している。新作《殺された孫悟空（…でもいったいどうやればあんな奴を殺せるっていうんだ?）》**（口絵4）**は、『ドラゴンボール』の孫悟空の切り刻まれた体が、キャンバスを埋めるベージュ色の粘土の板に浅く造形されたところが描かれており、首を飛ばし、上体を袈裟斬りにし、腰を横に一刀両断する三つのナイフがその上に描かれている。二次元のキャラクターが準二次元的なレリーフで造形されたものが描かれ、そのあっけなく記号化された切断の表現とリアルな重量感を湛えたナイフの描写のちぐはぐな衝突が、絵を見る者を動揺に巻き込む。線を引けば殺せることとそれが虚構の存在であることとの距離が最大限に張り詰めるのは、紙粘土とそれに擬態する絵具の近さと、マンガ的に記号化された切り口とそこにわざとらしく――これで切ったことにしてくださいと――置かれたリアルなナイフの遠さが重ね合わされているからだ。

レイヤーを加えつつ混ぜるこの手つきは《殺された孫悟空（…でもいったいどうやればあんな奴を殺せるっていうんだ?）#2》でいっそう複雑になっている。本作《#2》は前述の《#1》（それぞれ便宜的にこう呼ぶ）を斜め横から見ているような錯覚を与えるために、キャンバスをわずかに右辺より左辺が長い台形にし、それに合わせて、描かれるイメージも微妙に歪められている。正面に立つときに初めて気づかれるその違和感は、ハンス・ホルバイン《大使たち》（一五三三年）に斜めに傾いだ頭蓋骨のイメージが描き込まれているのを発見するときの、自分がいる場所といるべき場所に分裂するような感覚と類比的だ。《#1》と《#2》の違いは全体的な構造のほかにナイフの描写にもっとも顕著に表れており、それを注視すると、《#1》と《#2》の関係は、出来上がった《#1》を斜めに撮影しキャンバスに正面から投影して《#2》の下絵を描くといったような、《#1》のイメージを起点にしたものではないとわかる。《#1》と《#2》は同じオブジェを別の角度から描いたものであるのに、オブジェの同一性よりイメージの同一性の印象のほうが先に立つ。なぜだろうか。

展示風景より。撮影＝福尾

これは《#1》と《#2》の展示における位置関係に関わる問題だ。二作品は会場に入って最初の角を曲がったところで視界に入る。上の写真はその位置から撮影したものであり、ふたつの作品がほとんど同じように傾いて見えることがわかるだろう。しかし実際は左側に写っている《#1》が写真を斜めに横切る空中通路に対して平行に置かれているのに対して、右側の《#2》はカメラの視点に対してほとんど正面を向いている。つまりふたつの絵は約九〇度異なる方向に設置されているのにもかかわらず、同じイメージが同じ方向を向いているかのように見える。両者の差異は通路を奥から回り込んで、それぞれを近距離かつ正面から見える位置に立ったとき初めて気づかれるだろう。リアルな存在感とその虚構性の暴露のあいだの分裂は、描かれたオブジェの質感と実際のメディウムの識別不可能性、描写対象の記号化と写実的描写技法の衝突といった狭義の絵画的なトリックを超えて、インスタレーションの領野にまで拡張されている。

会場を貫く空中通路には亀──「タートルズ・ライフ」シリーズのモチーフだ──が放たれ、会場監視員や警備員の脇には電源の入った電気毛布に描かれたその人の肖像画が展示され、花の絵の前に同じ花が置かれ、監視カメラの映像がユーチューブで配信されている。受付で名前を明け渡した鑑賞者は、順路の最後にある展示内で唯一ガラスに覆われた作品で、自身の顔を作品に重ね合わせられる（その直前にある《私たちの神たちの神たちはあなたたち》は鏡を介してしか見えないように壁に向かって展示されており、その印象を強める）。

この展示において絵でないものはどれも、鑑賞者をも含めて、絵になるべきものとして扱われている。私にはこの態度が出口のないものに思われた。それは紙粘土の厚みが絵具の厚みに見えるように絵具で薄く描くという技巧を核としており、それによってその他のギミックが基礎づけられている。しかし同時に、その他のギミックはすべてこの技巧が行き場を失っていることへのエクスキューズにもなっているのではないか。そうした循環がこの展示を成り立たせているのだとすれば、この展示には絵がうまいということへの壮大な照れ隠し以上のどのような意味があるのか。

ポストメディウムの先《ポスト》のなさ——ロザリンド・クラウス

千葉の個展に表れている絵画の隘路を、より広い視野のなかで位置づけることができるだろうか。ここではロザリンド・クラウスが一九七〇年代の現代美術の傾向を論じた「指標論」[1]とこの展示の照応関係を検討する。彼女はこの論文において、美術の領域に侵入し、絵画や彫刻といった伝統的ジャンルを解体・再編する「写真的なもの」を論じている。「指標(index)」は物理的な因果関係によって成立する記号を指す、チャールズ・サンダース・パースが考案した概念だ。煙が火の指標となり、風見鶏が風向の指標となるように、写真は光の指標である。写真的なものの侵入によって、絵画は自身の存在意義を描写対象との類似ではなく指標によって確保するようになる。これがグリーンバーグ的なモダニズムと決定的に異なるのは、外在的類似からメディウム・スペシフィックな自律性へというシフトではなく、類似とは異なる外在的な関係である指標をクライテリアとして打ち立てている点だろう。

1　ロザリンド・E・クラウス「指標論　パート1」および「指標論　パート2」、『アヴァンギャルドのオリジナリティ——モダニズムの神話』谷川渥・小西信之訳、月曜社、二〇二一年。

まず興味深いのは、クラウスが指標の典型例として言語学における「シフター」を主題的に論じていることだ。シフターは「これ」「私」「昨日」「あそこ」のように、その語を用いる状況によって指示対象が変化する言葉を指す。確かにこれは広い意味での物理的条件に依存した記号だと言えるし、同時に、決まった指示対象を持たないという意味で「空虚な記号」でもある。この議論をサポートするものとして、時間の経過の指標となる埃を使用し、タイトルに「あなた」や「私」といったシフターを用い、人差し指（index finger）を作品に描き込むデュシャンが先駆的な作家として位置づけられる。

そして第二に、写真的なものの具体的な表れを考察するにあたって、彼女はしきりに「キャプション」と「インスタレーション」という語を用いている。いっぽうで写真（的なもの）に添えられるキャプションは「これは〜だ」とそれが何の指標であるかを伝える。他方でインスタレーションという形式は展示を指標のドキュメンテーションの場とすることにも寄与するし、あるいは作品が展示会場の物理的な状況の指標となるときには、インスタレーションという形式を必然的に要請することにもなる。

デニス・オッペンハイムの一九七五年の作品《アイデンティティ・ストレッチ》において、この作家は自身の拇印のイメージ（指標）を数千倍に拡大し、バッファロー郊外の大平原にその痕跡をアスファルトの線で転写する。この作品の意味は、指標による現前性《プレゼンス》の純粋な設置《インスタレーション》に焦点を当てている。そしてこの作品は、ギャラリーで展示される際には、写真を並べたこの取り組みのドキュメンテーションを必要とする。[2]

指標はキャプション（＝ドキュメント）とインスタレーションを伴うことによって、初めてその指示対象の物理的な現前性を十全に指示することができる。逆に言えば指標は、指紋が誰のものなのか決定するのに多くの（技術的、そして社会的な）手続きが必要なように、それ単体では非常に曖昧なものだ。クラウスは指標から原事象への遡行可能性を疑うことはなく、物理的な現前性は神秘化されている――というか、「これ」という指示が、何であれ何か現前的な対象へと回付されるということ自体が神秘化されているのだ。指示対象の何でもよさ――空虚な記号――と、指示を成立させるキャプションとインスタレーションという補助具――デリダなら「代補」と言うだろう――は、相互に依存してひとつの循環をなしている。外部のための外部として設定された物理的状況と、その指示の不確定性を覆い隠し「有無を言わせぬ」ものとしてのキャプションおよびインスタレーション。

千葉の個展には、他人の顔に描いた自画像の拓本、貴乃花の手形の**サイン入り**色紙といった典型的な指標が展示され、亀、花、会場監視員といったモデルが絵の傍らに「実物」として設置され、そして“You can sit down on this chair”という文と人差し指を伸ばした手が描き

2　クラウス「指標論　パート1」、三一五頁。

込まれた絵の脇には実際に椅子が置かれている。この“you”や“this”による指示対象の拘束は、署名によりインスタレーションの一部となる鑑賞者の拘束とひとつながりであるだろう。「指標による現前性《プレゼンス》の純粋な設置《インスタレーション》」が覆い隠しているのは、指標が純粋であることなどありえないということ、成立している指標にはつねに不純物が混ざっているということだ。アルチュセールは警官が雑踏に向かって叫ぶ「おい、そこのお前！」という言葉が人々に「私のことか？」と不安を呼び起こす作用を権力の呼びかけとして論じたが、指標の指示対象が一意に定まるとき、とりわけ特定の人称代名詞のもとに誰かを主体化させるときには社会的‐政治的な力学が働いており、その不純さを隠蔽することもまた社会的‐政治的な操作だ。

クラウスの唱える「ポストメディウム的条件[3]」において、芸術の各ジャンルは特定のメディウムへの桎梏から解き放たれると同時に、写真的なもののもとへと合流する。指標‐キャプション‐インスタレーションの三つ組はいまもなお多くの展示で目にする装置であり、彼女の時代診断は非常に予見的なものだったと言えるだろう。しかしこの装置はやはり、指標の指示対象である外部の取り込みを自己目的化し、当の外部の内実を骨抜きにする傾向をはらんでいる。タイトルがなく、ポスター（の文字情報）すら絵として描かれた千葉の展示は、**絵のためにあらかじめ手懐けられた者しかその敷居を跨ぐことができない**。そしてこれをまたクラウスの議論に折り返すなら、メディウム・スペシフィシティへの教条的な自閉を自己目的化した外部の取り込みに取り換えたところで、その自閉性は解除されないのだ。

メディウムからジャンルへ――本山ゆかり

受付で名前を書く紙を渡される。来館者からコロナの感染者が出たときのための連絡用だ。五月七日にアナウンスされ一二日に発出された愛知県の緊急事態宣言によって、展示は本来の会期終了日(五月一六日)を待たずに一一日に終了することになった。会場である文化フォーラム春日井から終了日の前倒しが発表されたのは一〇日であり、事態の推移の早さとその無慈悲さには作家やスタッフも動揺したことだろう。受付には春日井市出身の作家である本山ゆかりの地元での初個展を歓迎して、彼女が表紙を飾る地域の情報誌がふたつ並んでいた。必ずしも現代美術に特化しているわけではない施設、作家とその土地の近さ、そして吹けば飛ぶような展示の脆さとがそこには同居していた。

個展「本山ゆかり コインはふたつあるから鳴る」は、三つの系列の絵画によって構成されていた。そこには絵でないものが絵になるときの驚きがあった。それはいままで描かれていなかったものを描くということではなく、およそ絵画的ではないそっけない素材(アクリル板にアクリル絵具、布、ロープ)とタイトルそのままのあっけない画題(花、石、山、果物)によって生み出されている。アクリル板の裏に塗られた絵具の掠れに透ける壁(《画用

3　クラウス「メディウムの再発明」星野太訳、『表象』第八号、表象文化論学会、二〇一四年。

紙》シリーズ）、内側に薄い綿を挟んでミシンで描かれた線が生み出すシワ（《Ghost in the Cloth》シリーズ）、ひと筆書き的に目でなぞるロープの線のしなり（《Window》シリーズ（口絵6））をいつの間にか絵として見ている。腰より低いところに取り付けられた横木の上に載せられ、壁に直接立てかけられたアクリル板の裏で絵具は滴り、いずれも釘で留められた布とロープはたわんでいる。どの作品も、掛けられたそばからもうわずかに落ちている。それは窓としての絵画にある対象に基づいた垂直性とも、床に置いて描いたものを壁に掛けるポロックやラウシェンバーグのようなせり上がりとも異なる。立て掛けられ、引っかけられた絵画は、自らをかたちづくる素材を新たなしかたで肯定している。

しかしそこには、何かが絵になることのワンダーと同じくらいの強度で、それが絵でなくなってしまう脆さが共存している。絵を絵でないものとの接面に置くことは、外部を絵に取り込むことだけでなく、**絵が絵でなくなってしまうことの危うさ**を引き受けることでもあるはずだ。そのとき絵画というジャンルは、そうした両義的な接面での交渉による変容の集積として現れてくる。とりわけ釘を抜いてしまえば図像のデータとただのロープに解体される《Window》シリーズは、持ち運ばれ壁に設置される絵画としてのタブローという歴史的な形式への応答でもあるだろう。絵画をひとつのジャンルたらしめているものをその外部にふれる回路として用いるときに引き起こされる、描くということの意味の変容——絵の壊しかたの発明と背中合わせの——にこそジャンルの存在意義はあるはずだ。

スモーキング・エリア#5

痛み、離人、建て付けの悪い日々

かれこれ六年くらいそうしているわけだが、日常が昼過ぎに起きて近所をぶらぶらして過ごすことと同義であるような生活はいつまで続くのだろう。そもそも一体これは何なのだろう。とはいえ一体これは何だ、というのは誰もが自分の生活についてときおりぶつかる戸惑いなのかもしれない。どうして、何のために、いつからこんなことに、これからどうすれば、といったそれに続く問いの連打は、最初の何なんだという問いの危うさからわれわれを護っているかのようだ。それが自分の置かれた社会的、経済的、歴史的等々の厚みのある状況に対する憤懣なのだとすれば少なくとも引き継がれる問いの根拠は確保できる。しかしその「これ」がそうした客観的な状況でも主観的な心情でもないときにこそ「これ」への驚きが立ち上がるのではないか。暇だからよけい日々にそういう隙間風が吹き込みやすくなっているのかもしれない。というかたんにおそろしく怠惰で、答えのないその問いを別の問いに置き換え理由や目的を調達するのがダルいだけなんだろう。

金原ひとみの『AMEBIC』だと思うのだけど、昔、中学生だったと思うが、当時読んだ彼女の小説のどこかに「私だけに吹く風」という描写があって妙に心に残っている。ストーリーはすっかり忘れたけど、夜の雑踏のなかでそのひとにだけ吹いている冬の風の感じをありありと覚えている。それは彼女が感じている孤独を表していたのかもしれない。しかし仮にたんにその風に気づいているのが彼女だけなのだとしたらその意味合いは、あるいは孤独のありようは変わってくる。そうだとしたら誰もが本当は吹かれている孤独を報せる風にそのとき彼女だけが気づいているということになるからだ。ふだん外在化された理由や目的、あるいはそれに相関する内面化された喪失感や飢餓感によって祓いのけられる一体これは何なんだという問いが、ときおりつむじ風みたいにしばらくわれわれを立ち止まらせる。

それは生活のマイクロスリップのようなものだ。小銭を自販機に入れるとき、手は非常に複雑な動きをしている。百円玉を親指と人差し指で挟み、それを適切な角度にずらし、手首を返し、親指で硬貨を押し出す。それは無数の戸惑いや失敗にさらされている、というより、直前の行為にある小さな失敗を巻き込みながら続く行為がリレーされる。これは行為の柔軟さの条件でもあるのだろう。しかしその百円玉を落としてしまうことがある。これはマイクロスリップが適切にフォローされず、失敗が失敗として地面に転がり落ちるのを眺める。うまくいかないことへの不満ではなく、うまくいくことの奇妙さが立ち上がる。その奇妙さは小銭を拾って入れなおしても消えないだろう。

そう、たしか主人公は、指が綺麗な男に一目惚れして、彼とのセックスの場面で、別の場面で同僚だか友人だかの女にナイフで刺されたときにできた内腿の傷に、親指を入れられていた。言うまでもなくそれは強烈な痛みであるだろうが、屈託を一掃するその痛みの確かさには、「ずっと」とか「絶対」とか、そういう言葉に込められるいじらしさに似たものがある。

痛みが傷をふさぐ。その痛みはまた、彼女と男のあいだにある、およそ相互性とは縁のない隔絶を示してもいるだろう。凪はそこに吹く。それは両岸が近づくほどに速度を増す川のようなものだ。痛みからの逃避として離人的な孤絶があるのか、うまくいく関係の相互性という屈託からの逃避のために痛みと孤絶があるのか、もはや区別できなくなる。

ところでいまのところコロナ禍と呼ばれ、このウイルスに帰せられている社会の変化は、すべてを相互的なコミュニケーションのレベルに切り詰めようとする変化であるように思える。ひとに会うということは、フォローされない膨大なマイクロスリップに直面し、それをそれなりに無視して適当な相づちを打つということだ。それは豊かなコミュニケーションなどではなく、反対に、関係をはみ出すもののおびただしさに耐えるということだろう。ウイルスはそうしたもののひとつだ。家にいて文字、声、表情だけでひとに接する限り、インターフェイスを介して両岸に偽善的な橋を架けていれば事足りる。僕自身そうした傾向を生み出す疲れに共感がないではない。

しかし忘れてはならないのはまず、医療従事者をはじめとして、リテラルにひとに接することを余儀なくされている人々がいることだ。そして孤絶や痛みは、相互性の外にあるものというより、相互性を結果として生み出しもする条件だということだ。あなたがこの状況になにか寂しさのようなものを感じているとしたら、それはコミュニケーションがないことにではなく、**コミュニケーションしかない**ことに向けられているのかもしれない。

冬になると思い出す小説がもうひとつある。ニコライ・ゴーゴリの『外套』だ。役所で写字の仕事――僕はこの小説がメルヴィルの『代書人バートルビー』よりずっと好きだ――に打ち込むペテルブルクの下級官吏、アカーキイ・アカーキエヴィチは、同僚たちが「半纏《はんてん》」と呼んで馬鹿にする彼のボロボロの外套を、なけなしの給料をつぎ込んで新調することを決心する。出来上がった外套を受け取り、その温かさに高揚しながら吹雪のなか帰宅する彼を追い剝ぎが襲う。彼はショックですっかり弱ってしまい、高熱にうなされつついには死んでしまう。それから冬のペテルブルクには外套を狙う幽霊が出没するようになる。

ゴーゴリの外套から、主人公が風の冷たさにぎゅっと襟を合わせる金原のコートまで、建て付けの悪い日々との切実な闘争が貫いている。およそぼんやりした自分の生活を闘争だなんて言う気はさらさらないが、闘争が始まるとしたらそれはいつも孤絶し、かつ、痛みや盗みと隣り合わせの生活からであって、コンセンサスからではないということは忘れないでいたい。煙草もウイルスもそのための手段にすればよいだろう。

＊＊＊

不安になって読み返してみたら、たしかに私にだけ吹く風という描写は『AMEBIC』にあったが（以下の引用参照）、内腿の傷に指を入れられる描写は『アッシュベイビー』のものだった。同時期に立て続けに読んで記憶が混濁していたようだ。そして傷は自分で果物ナイフを突き刺してできたもので、同僚の女に刺されるのは別の場面だった。主人公のアヤが自分を刺すのは、ルームシェアをしている男がどこからか連れ込んだ乳児を性的に虐待しているところを目撃した直後であり、この小説には傷を痛みでふさぐためにいつも別の傷を作ることしかできない、呪いのような無力が書かれている（「リアン」とは、英語の nothing に対応する rien というフランス語の単語である）。

リアン。歌うようにそう呟くと、私に向かって風が吹いた。風はいつも私だけをターゲットにして、私だけに向かって吹く。他の人が受けている風を、私は感じる事が出来ない。私は、私に吹く風しか感じられない。それは途方もなく無力な事だ。人間は皆、他人に吹く風の冷たさや強さを感じられない。

長続きしないことについて

ちょうどこないだ、三年間毎日書いて、自分のウェブサイトで公開してきた日記が終わった。

僕は哲学や批評という、かなり硬い感じのする領域でふだん文章を書いていて、日記を始めたのは、そういう四角張った世界と自分の言葉との距離を再設定するためだった。毎日書く。毎日書くとどうなるか。単純に、つまらない文章を書かざるをえなくなるのだ。

公開で書いている以上、読者がどう思うかということはどうしたって気にしてしまうが、かといって毎日おもしろいことがあるわけでもない。日記を公開で書くということは、ある種自分の「底」を見せるようなことで、それは書く側にとってはけっこうキツいことでもある。しかし、書き続けていくなかでちょっとずつ気づいていくのは、自分が今日の日記はつまらないとみなすときの評価基準のようなもののほうこそがつまらなくてせせこましい何かだということだ。

ひとつのことを長く続けるということは、一見、何かをずっと保ち続けたり、あるいはちょっとずつ何かを向上させたりするためのことであるように思われる。毎日掃除をして家をきれいに保ったり、毎日勉強して知っている英単語の数を増やしたり。もちろんそれはそれで素晴らしいことだが、僕が日記を通して学んでいったのは、そういうのとはまた別の、習慣の力だった。

ところで、日記が小学校の宿題として課されるようになったのは、そうとうに昔のことであるらしい。明治期に近代的な教育制度が形作られたときから、日記は国語の宿題の筆頭であった。多くの現代の日本人にとっても、学校の宿題が初めての日記であるだろう。その日あったことを書く。それは「言文一致」的な日本語を浸透させるためのものであると同時に、日記を通して教師が学校の外での生徒の素行を監視する装置でもあった。

この装置の恐ろしいところは、仮に教師が監視するつもりがなくても生徒は監視されているかもしれないという前提で日記を書かざるをえないということ、そして、仮に日記にウソを書いてやり過ごしても、ウソをついてしまったという後ろめたさは生徒のなかに残り続けることだ。いまでも義務教育におけるいわゆる「勉強」と「生活指導」の関係はたびたび議論を呼ぶが、それは一〇〇年前にはもうすでに解きほぐしがたく絡まり合ってしまっていたのだ。

そうして、われわれは大人になっても、勉強と習慣を通して自分を律し、向上させなければならないという切迫感を覚えている。いとわしい教師がいなくなっても、それはすでにわれわれ自身の頭のなかに埋め込まれてしまっている。教育は成功したのだ。アマゾンの「本」カテゴリーを「日記」や「ノート」や「習慣」というワードで検索してみてほしい。現代人はどうしてこれほど毎日何かを継続し、そういう自分を監視することに駆られているのかと不思議になってくるはずだ。そしてその焦燥は、長続きしないことへの罪悪感と背中合わせになっている。

長続きしないことがある。たくさんある。僕だっていままで何度か日記を書こうとしたことはあっても、三日坊主にすら達しなかった。早起きしようとか、読書時間をこれくらい確保しようとか、コーヒーを飲み過ぎないようにしようとか、続いたためしがない。そんな僕が三年間も日記を書くことができたのは奇跡のようなもので、一年が経ったあたりで、自分は何かを継続できる人間だったのだということに生まれて初めて気がついた。

でもそれは、僕に克己心があるとか、そういう「能力」の問題ではないのだと思う。第一には、公開したから続いたという理由が大きいだろう。だから僕は誰かから日記を長続きさせる秘訣を訊かれるといつも、公開で書くといいですよと伝えている。でもたぶんこれはあまりいい返答ではなくて、そもそもなぜ日記を書きたいのかとこちらから訊ねてみる必要があるのだと思う。つまり、僕が日記を続けたのはそれが広い意味でのビジネスであるからで——直接的には一銭も儲からないとはいえ——そういうことではなくごく個人的なこととして日記を書きたいというひとに、僕は何も言うべきことをもっていないのだ。しかしそうは言っても、「ごく個人的なこととして日記を書く」とはどういうことかというのも、やっぱりよくわからない。なぜならわれわれは最初から学校の宿題という社会的なこととして日記を書いていたのだし、個人的なことは最初から「せんせいあのね」と差し出されるものであったからだ。

何かが長続きするとき、何が起こっているのか？ 第一の答えはそこには社会や他者の存在が関わっているということだ。僕の日記が公開したから続いたというのもそうだし、他者は実際の他者ではなく自分の頭のなかに埋め込まれた「他人の目」であることもあるだろう。

しかしたぶんそれだけではない。いくら強制されても続かないものは続かないし、他人の評価で気持ちが削がれることだってたくさんある。日記が続いたふたつめの理由は、むしろそれが、生活の不埒さ、気分の移ろいやすさ、長続きしないものがばらばらと現れては消えていくことのあられもなさを観察する百葉箱のようなものとして機能したからだと思う。言ってみれば、気分と習慣という、ぱっと見では相反しそうなことが日記において身を寄せ合っていた。

つまりこういうことだ。一方にしゃちこばったセルフディシプリン、つまり社会人としての自己管理があって、他方に律せられたりある程度許容されたりする不埒さがあるのではない。あるいは一方に「日常」や「暮らし」という言葉に託されるような微温的な持続があって、他方に冷たい社会の荒波があるのでもない。自己を律するのも何気ない日常を愛でるのも、日記を長続きさせるのに十分な態度ではない。なぜなら、最初に言ったように、毎日日記を書くということはつまらない文章を書くということで、そのつまらなさはこのふたつの態度のいずれからも逸脱しているからだ。

日記がつまらなくなるのは、日々がどうしようもなくつまらなさに巻き込まれているからだ。しかし、日記を書き続けるということは、そのときどきのつまらなさすら、恥も外聞もなく通り過ぎられる気分のひとつにすることでもある。

僕は日記を書くうえで、ひとつだけルールを決めていた。それは「今日は何もなかった」とは絶対に書かないということだ。毎日生きていれば特段書くべきことがない日のほうが多いのは当たり前だ。しかしその「書くべきこと」のなさだけが、「書くはずのなかったこと」への通路になる。そうして自分が思い込んでいた「べき」のありかたすら、不埒に変転していき、その軌跡が自分の意識の外で記録されていく。なぜか。今日の日記は昨日の日記の続きを書くわけではないし、今日書いたことを頭に置きながら明日を生きるほど、人間の頭は——少なくとも僕の頭は——よくできていないからだ。

「新実在論」はどう響くのか

――『マルクス・ガブリエル　欲望の時代を哲学する』について

哲学書が売れるときはいつでも「異例の」売れ行きと言われるが、哲学書だって売れるものは売れる。大切なのはなぜ売れ／売れず、何が現代社会に響くのか／響かないのか考えることだ。マルクス・ガブリエル『なぜ世界は存在しないのか』（講談社選書メチエ、二〇一八年）の「異例の」大ヒットはどうだろうか。様々なスポーツが異なるルールのもとに行われるように個別の「意味の場」だけがあり、それらを包括する「世界」は存在しないと主張する彼の「新実在論」はどうだろうか。こうした問いへのヒントの詰まった本が刊行された。昨年の夏に一週間あまり日本に滞在した彼の発言をＮＨＫのスタッフがまとめたものだ。

彼は自身のプロジェクトを「現代の理性主義」と呼んでいる。そこからわかるのは彼が、「世界」が存在しないにしても、哲学の普遍性が損なわれるとはまったく考えていないということだ。彼は哲学はチェスのようなものであり、ヒトラーにだって簡単に勝てると言ってみせる。およそ非理性的に見える政治（つい先日もドナルド・トランプが野党の批判を自身への「ハラスメント」と呼んでいた）が行われている現代においてこうした考えは魅力的だろう。しかしヒトラーはそもそも哲学者とのチェスになど乗らないからヒトラーなのではないだろうか。

どうして哲学というチェス盤の前に万人を引っ立てることができると言えるのだろう。それはおそらく彼が「道徳的事実」というものが存在すると考えているからだ。あらゆる価値が相対化される現代においても、「子どもを拷問してはならない」ということはゆるがせにできない「事実」だと彼は語る。しかしこのとき「子ども」を盾に取っているのはガブリエルのほうではないか。どうしてそうまでして哲学の、そして理性の普遍性を堅持したがるのだろう。あなたは彼のチェス盤の前に座るだろうか。あるいはそれをひっくり返したとして、それが哲学でないなどと誰が言えるだろうか。

思弁的実在論における読むことのアレルギー

思弁的実在論という潮流がその態度において示しているのは、大陸哲学における思考・論理の再興であると同時に、「読むことへの疲れ」なのではないだろうか。ポスト構造主義と括られるような哲学者たちが、読解するテクストに語らせるようなスタイルを取るのに対して、メイヤスーやハーマンは自身の主張を際立たせるために哲学史から明快なテーゼや立場を切り出すことに専心している。彼らの思考はきわめて主体的なものに見える。

フーコーの考古学やデリダの脱構築、あるいはドゥルーズの自由間接話法といったポスト構造主義哲学のスタイルは、言ってみれば読むという経験の受動性を哲学に内在化させる試みであったはずだ。ドゥルーズが生殖に対置させるところの「感染」が彼らの受動性を範例化するならば、立場の差異を目的にすることと読むことへの過剰防衛という二重の意味で、思弁は、「アレルギー」反応としてあるのかもしれない。拙著『眼がスクリーンになるとき』で論じたドゥルーズとメイヤスーにおける『物質と記憶』読解の差異は、この対立に通じている。

どうして哲学は、つい三、四〇年前にはその方法の根幹であった受動性を忘れてしまったのだろうか。この問いは、思弁的実在論という形而上学的な目論見が、なぜその実践的な相関項として加速主義を伴うのかというもうひとつの問いにヒントを与えるようにも思える。テクノロジーが政治－経済的な突破を呼び込むと信じることと、言語の媒介性を無化する思弁（speculation）が実在へのアクセスを保証すると信じることとは、受動性の忌避という点において通底しているのだ。

手渡されるガジェットのたんなる消費者を超えること（手を動かす者が偉い）に、あるいはテクストに閉じこもるたんなる読者を超えること（頭を使う者が偉い）に投機的（speculative）な価値を見込むことは、このふたつの能動性のあいだに垂直的な「理論と実践」という分割を復活させる。そこで看過されているのはラディカルな受動性であり、それこそが個々の実践の水平的な干渉として「思考」を惹起し、哲学をその実践において経験論にするのだ。

廣瀬純氏による拙著『眼がスクリーンになるとき』書評について

先日刊行された『表象13』に、廣瀬純氏による拙著『眼がスクリーンになるとき――ゼロから読むドゥルーズ『シネマ』』（フィルムアート社、二〇一八年）への書評が掲載された。[1] この書評は一貫して拙著に対して批判的であり、本稿はその批判への反論をおこなうものである。したがって出発点として本稿は消極的な性質のテクストだが、廣瀬氏による批判の考察をとおして、われわれふたりのあいだにある前提のちがいを突き止め、それを問いとして立てることができれば本稿もたんに消極的なものではなくなるだろう。廣瀬氏が挙げる批判点はこれまでほかの論者から提起されたのと同様のものを多く含んでおり、ここでその代表として廣瀬氏の批判に応えることで、拙著に対するあるタイプの態度の根底にあるより一般的な問題を掘り当てることができるだろうからだ。

批判の検討に入る前に、この書評全体をとおして見られる偏りについて二点だけ触れてお

1　廣瀬純「書かれている順番で読むことの難しさ」、『表象13』、表象文化論学会、二〇一九年、二〇四－二〇七頁。

こう。まず、本書評でおこなわれる拙著への言及は、そのほぼすべてが「はじめに」と第三章に集中している。例外は拙著の結論に相当し「はじめに」の内容に還ってくる第五章第三節の一節が引かれる箇所だけだ。そして、拙著で『シネマ』のつぎに頻繁に言及し、本書との比較が拙著の議論のひとつの核となっているベルクソンにこの書評はいちども触れていない。これらはあくまで形式的な偏りであり、このこと自体に問題があるとは言えない。限られた紙幅であらゆる論点を扱うのは不可能であり、実際に彼が批判の対象とするトピックは拙著にとって重要なものばかりだ。それにもかかわらずこうして論じ落とされた点を数え上げたのは、当の彼の批判に応えるような内容が彼が触れていない箇所にあるはずだからだ。

さて、書評の冒頭では、「運動イメージと時間イメージとのあいだには優劣など存在しない」という拙著でなされた明言が引かれている。廣瀬氏はこの点について、私が実際には時間イメージを優位に置いているのではないか、宣言されたこととおこなわれたことのあいだにズレがあるではないかと難じている。なぜなら、『眼がスクリーンになるとき』というタイトルにあらわれているように、福尾は自身が時間イメージ的な視覚性の概念として用いる「眼－スクリーン」を運動イメージ的な「眼－カメラ」に対して優位に置いているからだ、と。この批判について検討することから始めよう。

まず「優劣など存在しない」ということについてだが、廣瀬氏も言及しているとおりこれはドゥルーズ自身の言葉を受けたものだ。ドゥルーズは戦前映画と戦後映画それぞれにおけるイメージの体制を特徴づけるものとして運動イメージと時間イメージという概念を考案したが、それぞれの体制は固有の可能性と危機を抱えており、後に生まれた時間イメージのほうが良いものであるわけでは必ずしもないと述べている。

そして時間イメージおよび眼−スクリーンの「優位」だが、これについてはひとまず、このふたつを即座に一致させることがそもそも拙著の議論にそぐわないのではないかと問い返すことができる。というのも、私は眼−スクリーン的な知覚の位相である「物の知覚」を、運動イメージと時間イメージ両方にとっての基礎として提示したあとで、それを差し引くことなく「十全なイメージ」として扱うことを時間イメージの本質としているからだ。

こうした図式は『シネマ』で明示されているものではなく、私が本書の読解をとおして導き出したものなので、とうぜんその正当性に疑いを向けることは可能だ。しかしそれには物の知覚という概念を立てるに際して拙著でおこなった、ベルクソンの知覚論との比較が適切かどうかという視点がなくてはならないはずだ。

時間イメージを優位に置いていると考えている根拠について、廣瀬氏は拙著のタイトルを挙げることとしかしていないが、仮にこのタイトルが時間イメージ的なもの「だけ」を指しているとしても、私は第四章第三節でこの体制にある固有の危機をくりかえし説明し、それが第五章が書かれる理由となっている。さらに、廣瀬氏が言うように私が時間イメージ的なものを特権視しているのだとすれば、それは私がそれを「選択」したからであり、第五章で扱われたのはこの選択の意味、そして『シネマ2』における選択概念の意味である。異なる体制のあいだに価値の序列がないことを自覚したからといって、どの体制をも選択しないということにはならないし、選択しないなどということがはたして可能なことのかも、可能だとして有効なことなのかも私にはわからない。

以上の批判と関連して、廣瀬氏はまた、拙著が映画作品についての言及を排していることを批判している。その根拠は、異なる体制における解放と服従の論理は「具体的諸事例の分析からのみ」引き出され、この認識によってはじめて優劣などないと言えるからだと主張される。たしかに私は映画作品という具体的な対象を捨象しているが、他方で、ドゥルーズの『シネマ』やベルクソンの『物質と記憶』というきわめて具体的な対象を、くりかえし引用しながら具体的に分析をしている。映画は具体的で哲学は抽象的だという考えを批判したドゥルーズの言葉を紹介することから始まる拙著に対して、このような批判がなされるのは不思議だ。ドゥルーズがベルクソンと映画作品を具体的に検討することで『シネマ』を書いたように、私は『シネマ』とベルクソンを具体的に検討することで拙著を書いたというだけのことではないだろうか。

拙著は『シネマ』を、とりわけ運動イメージと時間イメージの関係を、映画史的な理解から引き剥がして発生的な機序においてとらえるものだ。映画史的な発展の順序にそって論述が進められる『シネマ』を脱歴史化する拙著の態度にも廣瀬氏は批判を向けているが、その根拠は私が『シネマ2』から始めて『シネマ』を読んでいるという、先ほどの時間イメージの優位についておこなったのとおなじ反論が可能なものである。それに加えて拙著の目次を見れば明らかなように、私は第一章でベルクソンのイメージ論と運動論を扱い、第二章で運動イメージの分類の原理（種別化と分化）を扱い、第三章で運動イメージと時間イメージの関係を扱い、第四章で第一・第二の時間イメージを扱い、第五章で第三の時間イメージを扱うという、『シネマ』の論述の順序にそった構成にしており、書評のタイトルにも冠せられている順番に読んでいないという批判には同意できない。

廣瀬氏は『眼がスクリーンになるとき』を、具体的な対象を捨象し、『シネマ』を『シネマ2』から読む、具体性も歴史性もない書物だと考えているようだ。くりかえしになるが私にはどうしてドゥルーズとベルクソンのテクストが具体的なものではないと言えるのか見当がつかない。そして両者の関係は言うまでもなくきわめて歴史的なものであり、しかしなお、それを「哲学史」という、哲学者の能動性を想定することによって構築されるストーリー（ドゥルーズによるベルクソンの乗り越え）に回収せず、そこここに働いている受動的で眼－スクリーン的な「リテラリティ」をこそ概念創造の条件として考えるというのが本書の中心的な目的だ。

廣瀬氏は最後の段落で拙著を「ファシズム」だとまで言っているが、その根拠は判然としない。彼はまず拙著が宇野邦一の仕事にいちども言及しないと述べているがこれは事実に反する。拙著では彼に批判的に言及しており、それに加えて宇野が監訳した『シネマ2』の翻訳の不備と思われる点を再三指摘している。それはともかく、廣瀬氏は宇野が日本でのリゾームあるいは生成概念の安易な使用への注意をうながしたテクストを引いたうえで、リゾーム概念が生み出された歴史的な状況を考えなければならないと述べている。彼はつぎにアラン・バディウがリゾーム概念について「じゃがいもファシズム」と揶揄したというエピソードを紹介し、『眼がスクリーンになるとき』についても「誤読することなしに」（！）おなじことが言われるだろうと述べて、書評を閉じている。

まず、拙著ではリゾームにひとことも触れていないので、すくなくともここではリゾーム概念を批判したという共通点しかない宇野とバディウをつなげることで、どうして拙著への批判になるのかわからない。おそらく廣瀬氏は拙著が歴史を省みず無邪気に生成を語るものであり、したがってファシズムだと言いたいのではないかと推察するが、この「したがって」がなにによって可能なのかはまったく説明されていない。拙著では第五章で生成概念を扱っているが、それが引き合いに出されて「具体的に」検討されているわけでもない。

個別の批判についてはこれでひととおり検討できたので、最後に廣瀬氏と私のあいだにあると思われる、立っている前提の差異についてかけ足で考えてみよう。おそらく彼にとって『シネマ』はどこまでも映画（史）の本であり、私にとってはそうではない。この差異はどこから来るのだろう。

私は拙著の「はじめに」で現代のイメージのありかたについて短く言及し、消費やインタラクションやコミュニケーションばかりを求めてくる現代のイメージをあらためて「たんに見る」ことの難しさと創造性にこの本は向けられていると書いた。重要なのは、「だからいまこそ映画館に行って、暗闇のなかで二時間イメージに撃たれる経験が大事なのだ」とは、私がひとことも言っていないということだ。

ユーチューブ、ソーシャルゲーム、インスタグラム、ネットフリックス、際限のないアダプテーションや二次創作といった、〈作品〉の経験を霧消させる状況のただなかにおいて、あらためてイメージの創造性を考えることこそが拙著では問われている。私が映画よりむしろ作品経験のあいまいさに自覚的である現代美術の批評を書くことが多いのもここに理由がある。言ってみればカンヌ映画祭とネットフリックスとのあいだにある対立とおなじものが廣瀬氏と私のあいだにあるのではないだろうか。

作品の単位性、歴史の単線性（に対するマイナーな歴史による抵抗）、理論（抽象）と実践（具体）の分割といった前提を廣瀬氏は条件にしているように思われるが、私は作品の経験が霧消し、そもそもメジャーな歴史がなく、言葉とイメージが同一平面で干渉するような状況を前提としている。だからこそ、そこにある危うさにあたうかぎり自覚的でありながら、時間イメージ的な生成を映画から解き放ったうえで「選択」し、そこに賭けたのだ。「作品未満」のものに取り込まれることの貧しさ、そこにいる私たちに固有の創造性のために。

映像を歩かせる
――佐々木友輔『土瀝青 asphalt』および「揺動メディア論」論

眼－カメラ－風景。これは、われわれが映像を見る（そしておそらく作る）多くの場合に想定しているアレンジメント（＝何らかのシステムを構築する物の組み合わせ）である。カメラは風景を見る眼になる。柄谷行人が『日本近代文学の起源』の冒頭で指摘したように、風景を見るときの眼は風景から切り離された空間にあり、文学における風景の誕生と「内面」の誕生は同時であったとするなら[1]、カメラが風景を見るとき、カメラは映像空間の中のどこにも属していない。実のところこのアレンジメントの利点はもっぱらその点にある。眼－カメラという組み合わせは、カメラに眼のような能動性を付与し、眼をカメラのような機械として再構築するものである。線遠近法的な絵画においてはこの生成は一方向のものでしかなく、眼をカメラオブスクラにし、視点を不動のピラミッドの頂点に置く視覚性が立ち

1　柄谷行人『定本　日本近代文学の起源』、岩波現代文庫、二〇〇八年、一三頁。

上がるのだが、映画とともにそうした視点にさらに運動とモンタージュが付け加わることで眼とカメラの生成は相互的なものとなった。映画はこの相互的な生成によって客観性（カメラ）と主観性（眼）のあいだを揺れ動き、そこで物語が展開される空間を立ち上げる。

身体－カメラ－土地。反対にこのアレンジメントは稀なものであり、本稿が探求の対象とするものである。カメラは、身体に接続されることで、土地を刻印するものになる。佐々木友輔が『土瀝青 asphalt』によって、そして「揺動メディア論」という理論的な戦略によって切り拓こうとするのはまさにこの領域であり、彼の映像作品と批評的な文章をともに論じる本稿が明らかにすることを目指すテーゼは、次の三つに圧縮できる。(1)この第二のアレンジメントにおいて、映像が行き来するのは、主観と客観という二極のあいだではなく、物体と身体という二極のあいだである。(2)このアレンジメントにおいて、カメラは、真に映像空間の中に位置付けられるものとなる。つまり、カメラは視点として風景とは別の次元――主観であれ客観であれ――に引きこもるものではなくなり対象と「地続き」の空間に位置することとなる。そして、(3)佐々木が『土瀝青 asphalt』において発明したモンタージュは彼自身が揺動メディア論で想定している射程を超え出るものであるが、そのモンタージュの射程は揺動メディア論の徹底によって、つまり彼の揺動メディア論が描いた線を彼自身の作品に沿って延ばすことによって評定することができる。

以下ではふたつのアレンジメントを前提としつつ、佐々木の映像作品『土瀝青 asphalt』とともに、彼の「揺動メディア論」が展開されるふたつのテクスト「三脚とは何だったのか

――映画・映像入門書の二〇世紀」[3]そして「二種類の幽霊、二種類の霊媒（メディア）――揺動メディアとしての映画論」[4]を参照しながら三つのテーゼを検証する。なお映像とテクストは、どちらも同じ資格で論述の素材であり対象である。

＊　＊　＊

「手持ちカメラによる手ブレ映像を語るための言葉を自作してみることにした」[5]。佐々木による「揺動メディア論」の具体的な目的は一見して慎ましいもののように思える。たしかに、スマートフォンで手持ち撮影されネットにアップされる無数の動画、あるいはGoProを用いて撮影されたドキュメンタリー『リヴァイアサン』など、揺れるあるいはブレることが常

2　佐々木友輔『土瀝青 asphalt』DV、一八六分、二〇一三年（作品公式サイト http://qspds996.com/asphalt/ 最終アクセス二〇二四年九月一〇日）。なお、佐々木自身が編んだ、『土瀝青 asphalt』をめぐる論考、批評、対談、原作である小説（長塚節『土』）の朗読原稿などが収録された書籍が刊行されている。木村裕之＋佐々木友輔編『土瀝青――場所が揺らす映画』トポフィル、二〇一四年。

3　限界研編『ビジュアル・コミュニケーション――動画時代の文化批評』南雲堂、二〇一五年所収。

4　ウェブマガジン『BLUE ART』に二〇一六年三月一七日に掲載された批評文（https://note.mu/art_critique/n/n598c1eb6e87e 最終アクセス二〇二四年九月一〇日）。

5　佐々木「三脚とは何だったのか」、九〇頁。

態化するような局面が現代の映像にあるのにもかかわらず、そのことを指す適切な用語は存在しなかったと言えるだろう。しかし先の引用文を継ぐ言葉は「それが揺動メディア論、映画を「見るもの」でなく「揺れるもの」として捉える試みである」[6]であり、われわれはこの飛躍に驚いてみせることから始めてみなければならない。手持ちカメラと、揺れるものとしての映画。このつながりはもちろん、手持ちカメラで撮影すれば映像は揺れる、というような原因と結果の関係で理解してしまうべきではなく、佐々木は「揺れるもの」としての映画に何らかの確信を持っており、手持ちカメラをめぐる考察はその確信を堅固なものとするための理論的な戦略であると考えるべきだろう。

佐々木が手持ちカメラに対置させるのは三脚を用いる撮影である。[7] 論考「三脚とは何だったのか」は、8ミリカメラ時代からデジタル・ビデオカメラ時代までのアマチュア動画撮影者のための入門書における手持ち撮影と三脚撮影の位置付けの変遷を辿ることで、三脚＝フォーマル、手持ち＝カジュアルといった三脚優位のパラダイムが、つねに支配的であったわけではないということを示す。手持ち／三脚という対立は、相互排除的なものではなく、いずれが支配的になるかによって、他方の意味合いが変容することを意味するだろう。たとえば、三脚的なパラダイムにあっては手持ちカメラによる撮影は、主観ショット、ドキュメンタリー・タッチ、臨場感の付与といった装飾的な機能に差し向けられ、[8]反対に、手持ちカメラ的なパラダイムにあっては三脚などによって固定されたカメラによる映像は恒常的な揺動の中のかりそめの停止として機能する。[9]佐々木の企図は、つねに三脚的なパラダイムに従属した状態でしか語られてこなかった手持ちカメラの、固有の射程を解放することにある。

＊　＊　＊

全編手持ちカメラによって撮影された『土瀝青 asphalt』。三時間にわたる本作におけるショットは短いもので四秒ほど、長いもので十数秒といったところ。自転車で側道を走っている、土手に辿り着く、自転車を置いて歩き始める、といった行動と場所のブロックがそれぞれ複数のショットによって構築され、さっぱりしたショットの接続は内容の面ではおおよその連続性を保っており、この、通常の意味でのストーリーのない作品にも「シーン」があることを示す。しかし、『土瀝青 asphalt』におけるシーンは、三脚的な、あるいは眼－カメラ

6　同上。
7　木村裕之＋佐々木友輔編『土瀝青――場所が揺らす映画』に収録された、佐々木友輔の論考「〈風景映画〉から〈場所映画〉へ」にすでにこのような対比とそこから導き出される映像空間の本性の差異についての考察があるが、議論が煩雑になるので本稿では先述のふたつの論考に絞って彼の議論を考察する。なお、この文章では「風景」に対置して「場所」ではなく「土地」という語を用いることとした。「場所」という語から感じる関係論的なあるいは間主観的な含意は揺動メディアを論じるのにそぐわないと考えたからだ。
8　佐々木「三脚とは何だったのか」、九〇頁。
9　同上、一二〇頁。

的な体制のもとにある通常の映画におけるものと大きく異なっている。通常の映画においてはその中で人物が行為あるいはコミュニケーションをする容器としてシーンは機能する。移動中の車内のシーンなどでさえ、後方に飛び去る風景は移動の記号でしかなく、優位にあるのは視点に対して安定的な位置を示す人物であり、それを包む箱としての車である。つまり、三脚的な映画におけるシーンとは「地」でありそのなかで特定の役割を果たす人物や小道具などが「図」である。映画のシーンを説明する際に「レストランで人物Aと人物Bが会話している」というように場所・人物・行為という項が入れ子状になっているかのような説明がなされるのはこの理由によるものである。

翻って、『土瀝青 asphalt』において「揺動」するのは「地」そのものである。この作品あるいは「揺動メディア論」が放つ深遠な問題のひとつはここにある。すなわち、図であるはずの画面内の目を引く対象（人物であれ iPhone の画面であれ）は、つねに揺動している地の中にあることによって、地から己を引き剝がして固有の次元（＝図）を維持することがない。当然この作品の中にも図のようなものとして機能し目を引く対象はあるが（看板、花火、通行人など）、それらはひとつとしてショットをまたいで映像に現れることがなく、すべての対象が、揺動するカメラの前に一度限り姿を現す。この作品は一台のカメラで一度限りの移動を捉えたものであり、ひとつの空間や対象がモンタージュによって複数のアングルから多重化されることがない。つまり、本作は決して空間を閉じない、あるいは**綴じない**のだと表記したほうが正確かもしれない。切り返しショットを代表とする「映画的な」空間構成は、見開きのページが向かい合わせに綴じられるように、閉じた空間のブロックを連鎖させる。それに対して『土暦青 asphalt』ではショットのつなぎ目は「綴じしろ」としての重複する部分を持たないので、ともすればそれぞれのショットが遊離してしまうような印象を与えかねないが、本作の空間は散逸的な印象を与えることはなく、むしろわずかにトランスめいた心地よさを与える。なぜだろうか。

＊　＊　＊

「二種類の幽霊、二種類の霊媒（メディア）」において、佐々木は手持ち／三脚という対立に地縛霊／浮遊霊という対立を重ね合わせる。この新たな対は第一のものを引き継ぐものではあるが、その企図はより洗練されている。二種類の幽霊は、「「主観ショット」と呼ばれる不穏な撮影技法」の背後に住み着く思想を指し、それは冒頭で示されたふたつのアレンジメントと同様に映像の空間性の根本的な差異に関わっている。

一般的な意味での主観ショットとは、そのショットにおける映像の担い手、その映像の視点の所有者が特定できる、あるいは特定しうることを想像させるような映像であるだろう。つまり、ここで映像は誰かによって見られたものでありカメラは眼の類同物となる。したがってここでは**カメラがカメラであることを忘れさせる必要がある**。佐々木が「浮遊霊」と名付ける、おもにステディカムの登場によって可能となった滑らかな運動を伴う主観ショットはこのようなものであると考えられる。[10] 彼が指摘するように浮遊霊的な体制において映像の担い手は「眼差しだけの存在となって宙に浮か」ぶのだ。[11] 他方、「地縛霊」は「足」の生えた霊であり、手持ち撮影による「揺動こそが足の存在を保証する」。[12] 佐々木は地縛霊の映像にはジョナス・メカス、原一男などによるドキュメンタリー作品を、そして彼が一節を割いて分析するフェイク・ドキュメンタリー『ブレア・ウィッチ・プロジェクト』を例として挙げる。ここで注目したいのは、これらの作品がすべてリアルであれフェイクであれ「ドキュメンタリー」という体裁を採っていることだ。これはこれらの作品においては**カメラがカメラであることを隠す必要がない**、ということを意味すると解釈することができる。実際に、『ブレア・ウィッチ・プロジェクト』においても、大学の映画学科に通う学生が森に持ち込んだカメラで撮影したフィルムを編集したものであるという設定が用いられており、あくまで映像の担い手は眼ではなくカメラである。したがってこの作品における映像は先に示した主観ショットの一般的な定義には当てはまらない。もちろん、特定されうる作品中の人物がカメラを持って撮影したのだからそれも主観ショットの一種である、という反論は可能であるが、さしあたりここで重要なのは、地縛霊的な映像の主観性の位置付けではなく、物としてのカメラが担う映像空間の固有性を見極めることである。

冒頭に示したふたつのアレンジメントをそれぞれ主観／客観、物体／身体という極によって規定した理由もここにある。地縛霊の映像の特異性は、新たなタイプの主観性にある以前に、カメラがカメラになることと映像に足が生えることとの相互的な生成にあるのではないだろうか。

＊　＊　＊

映像に足が生えるとは、足が捉えた力がカメラに、ひいては映像に伝わるということである。揺動メディアの本懐はこの点にあり、ここではこのことを「ストライド（歩幅）」と「ジョイント（関節）」という言葉で考えてみたいと思う。

ショット同士を綴じ合わせることのない『土瀝青 asphalt』が散逸的な印象を与えないのは、そこに確かなリズムが刻まれているからである。われわれはしばしば、「映像のリズム」について語るが、実のところそのとき言われているのはほとんどの場合会話やアクションの展開などの映像の内容に依拠したリズムのことなのではないだろうか。言い換えれば、映像のリズムという言葉は、ある種の比喩をまとうことによってしか機能していないのではないか。『土瀝青 asphalt』の達成は、その茫漠とした領域に文字通りの次元で迫っている点にあ

10　現在の映像テクノロジーに照らして考えるなら、ドローンを用いた映像をこの系譜の末裔として位置づけることができるだろう。
11　佐々木「二種類の幽霊、二種類の霊媒（メディア）」。
12　同上。

ると思われるが、本作におけるリズムはまずストライドのリズムである。撮影者が一歩を踏み出すごとに、地面から足首・膝・股関節・背骨・肩・肘・手首などのジョイントを通してカメラへと、身体と地面を調停する運動が伝達される。伝達された運動は映像の揺動を引き起こしブラウン運動的な線を描く。もちろんこれは歩行時にのみ起こることではなく、自転車や自動車に乗っているときにも固有のストライドがあり、カメラを手に持っている限り身体が受け取る運動は伝達される。

しかし、これだけではまだたんに手ブレ映像の身体性を説明するにとどまっている。この作品における映像のリズムが本当に宿るのはモンタージュの次元においてであり、より正確にいえば身体的なモンタージュの発明によりこの作品はリズムを獲得している。一般に「アクションつなぎ」とは、異なる運動体のショットを運動の方向を揃えてつなぐことであたかもふたつが同時に同じ運動をしているように見えるようにする編集技法を指す。この技法はしばしばダンスを伴うミュージックビデオでも用いられるが、[13]『土瀝青 asphalt』は映像の中の運動体によってではなく、カメラ自体の運動によってこのアクションつなぎを行っている。つまりこの作品は、指揮棒の先端が軌道の連続性と拍の区切りを共存させるように、息の短いデクパージュと視線の連続性を、モンタージュの次元でのジョイントとストライドを、共存させるのだ。ジル・ドゥルーズは「身体を与える映画」にこの世界を信じ直す契機を見いだしたが、[14]『土瀝青 asphalt』はいわば身体を与えられた映画である。

＊　＊　＊

身体―カメラ―土地というアレンジメントにおいて、もはやカメラは眼の類同物ではなくなる。佐々木は「拡張された身体としてのカメラ」という観点からこのカメラの新たな身分を考察する。その際の重要な観点となるのは、コミュニケーション・ツールとしてカメラを用いるという、かわなかのぶひろが作品と著作により展開した発想であり、カメラはここで撮影者の身体的な情動（驚きや迷い）を揺動によって刻印するものとして機能する。[15] 佐々木があくまで主観ショットとして地縛霊の映像を考察するのもこの点にかかっている。その際に「主観的」とされるのは物質的な情動であり、[16] カメラに、身体の能動的な行動によるのとは別の揺動を伝えるものである。ドゥルーズは、アンリ・ベルクソンの『物質と記憶』の身体論を引き継いで、「情動イメージ」[17] を知覚（作用）と行動（反作用）の間を満たす運動傾

13　今日の映像環境における「アクションつなぎ」の広がりと機能については次の文献を参照。伊藤弘了「國民的アイドルの創生――ＡＫＢ48にみるファシスト美学の今日的あらわれ」、『ドキュメンタリーマガジン neoneo #06』neoneo 編集室、二〇一五年所収。

14　「問題なのは身体の現前ではなく、世界と身体の不在を意味するものから出発して、世界と身体をわれわれに与えなおすことができるという信にいたることである」（『シネマ2＊時間イメージ』宇野邦一＋石原陽一郎＋江澤健一郎＋大原理志＋岡村民夫訳、法政大学出版局、二〇〇六年、二八一頁）。

15　佐々木「三脚とは何だったのか」、一一四頁。

向として規定している。このとき想定されているのは主に情動の表出する場としての顔のクロースアップであるが、[18] 佐々木は、アクションつなぎを更新したのと同じやりかたで、映像中の対象ではなく、映像それ自体を情動的にするものとして揺動メディアにおける主観性を考察している。つまり、ここでいわれる地縛霊的な主観性においては、地面と身体とカメラが「地続き」になっており、ある意味でドゥルーズよりもベルクソン的なイメージ一元論に近づいているとさえ考えられる。そこでは身体は受け止めた揺動をジョイントによって制御し映像に与え返す「不確定性の中心」[19]であり、『土瀝青 asphalt』においてはまさに、地面と身体を貫く振動を記録する物体としてカメラは機能する。

眼−カメラから身体−カメラへというアレンジメントの移行は、映像それ自体に身体性を付与すると同時にカメラに物質性を付与するものであり、それは「揺れる」という接触的な秩序のありかたを映像空間の基礎とすることによって達成される。当然そのときカメラは「視点」という体積ゼロの抽象的な存在としてではなく、重さと厚みを持った存在として映像と地続きの空間に現れるものとなる。『土瀝青 asphalt』におけるカメラの物質性の提示は、揺動によってだけではなく、ブロックノイズ、ハレーションによる画質や色彩の破れあるいはオートフォーカスによるピントの揺れによってもなされる。つまりカメラは拡張された身体であると**同時に**、それ固有の機序を備えた物体であることを映像に刻印しているのであり、この同時性こそが映像を身体的なものとしカメラを映像空間と地続きの空間に位置付けるのだ。

＊　＊　＊

揺動的なモンタージュは、カメラと身体をつなぐハイフンを発明するものである。眼－カメラという体制にあってはアクションの表現も情動の表現も映像の図としての対象に依拠するものであったが、身体－カメラという体制においてそれらはイメージの運動それ自体に宿るものとなる。一見してこのような達成は、４ＤＸやＶＲに代表される近年の映像環境のある種のアトラクション化の傾向と軌を一にしているかに思える。これらの新たなテクノロジーは、映像だけでなくわれわれの身体さえも揺らすものであるからだ。しかし、ＶＲがこれらのテクノロジーが持つ傾向の最先端に現在あるとするならば、この傾向が揺動メディア的

16　純粋知覚から演繹される感覚運動図式における知覚、行動、情動というベルクソン的なシステムをドゥルーズは「主観性の物質的アスペクト」という観点から取り上げ直している。しかし、ドゥルーズはたとえば情動イメージの典型としてクロースアップでとらえられた顔を挙げるなど、そこで例として挙げられる主観性はあくまで表象されたものの次元にとどまっている（『シネマ１＊運動イメージ』財津理＋齋藤範訳、法政大学出版局、二〇〇八年、一一四－一二〇頁）。
17　原語は image-affection。邦訳版では「感情イメージ」と訳されている（ドゥルーズ『シネマ１』、第六章）。
18　「情動イメージ、それはクロースアップであり、クロースアップ、それは顔である……」（同上、一五四頁）。
19　アンリ・ベルクソン『物質と記憶』熊野純彦訳、岩波文庫、二〇一五年、七一頁。

なものとはまったく異なるものを目指していることがわかるだろう。以下にその差異を「連続性」という観点から考察してみよう。

ＶＲに至る系譜において目指される連続性は、まず、いわゆる「現実」とバーチャルな現実とのあいだに構築される連続性である。フレームが生の視野と一致し、自分の運動が視覚像にそのまま反映されること、つまり、いわゆる「現実」において行使している感覚－運動的なシステムをスムーズにバーチャルな現実においても行使できるようにすることこそがＶＲの目指すものである。４ＤＸにおいても同様に、３Ｄ映像の揺れと座席の揺れの同期によって通常の感覚－運動的なシステムが最大限映像の体験において再現されることが理想とされるだろう。つまり、**ＶＲにいたる映像体験の系譜において揺動は、つねに身体の揺れと映像の揺れの同期によって相殺されるべきものとして生産される**ということだ。さらに、このような傾向はＶＲにあって顕著なように、モンタージュなしで済ませることに向かっているとさえ言えるのではないだろうか。なぜならモンタージュとは根本的に、ひとつの身体を引きずることでしか運動を経験できないわれわれの感覚－運動系のありかたと食い違うものであり、だからこそ「映画的」な、眼－カメラ的な、モンタージュのシステムの発明はひとつの事件であったのだ。

『土瀝青 asphalt』が傑出しているのは、鑑賞者の身体に同期されざる映像の揺れを終始扱っているということだけでなく、そのような揺れのありかたに即したモンタージュを発明したという点にある。佐々木が揺動メディア論において参照する作品は、この第一の段階に留まっているということができるだろう。原一男の作品も『ブレア・ウィッチ・プロジェクト』も、モンタージュという水準において新たなイメージの連続性のありかたを構築するには至っていないように思えるからだ。しかし先に述べたように、『土瀝青 asphalt』はショット内部におけるジョイントとストライドに、ショットを跨ぐものとしてモンタージュの次元で機能するジョイントとストライドを被せることで、新たなイメージの連続性を発明している。本作において揺動メディアの固有性は、佐々木自身の論考が示すものよりも文字通り一段上の水準に達しているといえるだろう。

＊＊＊

『土瀝青 asphalt』はドキュメンタリー作品であるが、その対象となるのは特定の人物、集団、社会現象あるいは自然現象のどれでもなく、この作品は「土地」のドキュメントである。われわれはこの作品の中に東日本大震災にまつわる表象を垣間見るが、『土瀝青 asphalt』においては土地でさえ「揺れるもの」であり、より正確に言えば、この作品は「揺れうるもの」として土地を捉えることによって、土地を眼差しの対象（＝風景）としてではなく、揺動の源として扱うことを可能にしたのだ。[20]

土地をドキュメントの対象とするということは、その土地の「風景」を映すということとは異なる。これはふたつのアレンジメントそれぞれの最後の項（風景／土地）に関わる差異である。物としてのカメラは揺れうる土地に揺らされた身体の揺動を刻印するが、もちろんこの接触的な揺動の刻印だけでなく、レンズとの距離を前提とする映像の対象が「映って」もいる。しかし、先に述べたように、その対象も揺動のさなかに捉えられ「揺らすもの」と「揺らされるもの」の区別さえ不可能であるような純粋な《揺動》がこの作品を満たしている。佐々木が「土地に憑くと同時に土地に憑かれ、主客未然の、両者が渾然一体となった一体的関係[21]」と呼ぶものもこれに他ならないだろう。しかし、われわれがこれまで見てきたように、そこで相互的な生成の関係に入るのは主観と客観というよりは身体と物体であり、そのことによって新たな主観性のありかたとして物質的な、地縛霊的な主観性が立ち上がるのであった。土地は見られるのでなく、足の裏からカメラを貫く揺動として刻まれ、われわれは視覚における盲目の半身を触知する。カメラを携えた身体が踏破した場所こそが土地であり、われわれは初めて映像が歩くのを目にする。

補遺——ドゥルーズ『シネマ』における「物の知覚」

ドゥルーズは、『シネマ』第一巻刊行後のインタビューのなかで「眼はカメラなのではなくむしろスクリーンなのです」と語っている（『記号と事件』宮林寛訳、河出文庫、二〇〇七年、一一五頁）。インタビュアーに『シネマ』のなかに「眼差し」という論点が登場しないのはなぜかと問われた彼は、イメージに視点と能動性をつねに前提とする精神分析モデルの映画論に抗する態度から、眼はただ光を受け止めるだけのスクリーンだと答えるのだ。『シネマ』における精神分析あるいは言語学モデルの映画論への批判が、このように視覚性の根底的なレベルから発しているものであるというのも重要であるが、ここではまず眼－カメラ的な体制と眼－スクリーン的な体制の差異に着目しよう。

あらかじめ大まかな図式を提示しておくと、眼－カメラ的な体制は運動イメージに、眼－スクリーン的な体制は時間イメージに対応すると考えてよい。眼を機械化し、カメラを擬人化することによって成立する前者の体制は、主観と客観、あるいは能動と受動の配分によって単線的な物語空間を構築する。知覚・情動・行動が組み合わされることによって、そしてそれらの関係の網の目によって物語にはドライブやサスペンスが生まれる。繰り返しになるが、この体制においては視点という体積ゼロの抽象的な存在がおのれとは切り離された空間としての風景を眼差すことがイメージの成立に関わっている。眼－カメラ－風景というアレンジメントが運動イメージを駆動するのだ。

後者の眼－スクリーン的あるいは時間イメージ的な体制において、眼とイメージは運動イメージにおけるような距離を前提とするのではなく、むしろ両者はへばり付いている。いうなれば「視面」、つまり平面的なイメージが「ある」ということとそのイメージを私あるい

20　佐々木自身も、揺動メディア論を地面が揺れるという日本的な空間性と結びつけている。佐々木「三脚とは何だったのか」、一二三頁。

21　佐々木「二種類の幽霊、二種類の霊媒（メディア）」。

は誰かが「視る」ということの徹底的な短絡が、眼がスクリーンになることを可能にしている。ここにおいて諸々のイメージは、主観／客観あるいは能動／受動の配分による感覚－運動的な脈絡から脱連鎖 désenchainement する（『シネマ2』、三八二頁）。これによってイメージとイメージのあいだに間隙 interstice が穿たれ、画面外空間はイメージどうしの連鎖を保証するのでなく反対に端的な外 dehors を開示する（『シネマ2』、二五〇－二五一頁）。この脱連鎖は視覚的なイメージ間のものでもあるが、重要なのは視覚的なイメージと音声的なイメージのあいだにも亀裂が走るということだ。運動イメージにおいて音声は一方で、視覚に従属するものとして、画面外空間を満たすことで視覚的なイメージの連鎖をアシストする機能を担っていた。そして他方で、物語空間の外から当の物語を注釈するオフヴォイスとして、音声的イメージは視覚的イメージを従属させていた。翻って時間イメージにおいて視覚的なイメージと音声的なイメージはそれぞれが自律的に固有の次元を構成し、真の意味で「視聴覚的」なイメージを形作ることになる（『シネマ2』、三五三頁）。音声は画面内・画面外・オフヴォイスのいずれにも局在化することができなくなる――もしくは、局在化できるということが偶発的なものに格下げされる（『シネマ2』、三四五頁）。つまり、眼－スクリーン的な体制においては主観／客観という二極化に代わって視覚／聴覚の二極化が現れるのだ。眼がスクリーンになること、そして視覚と聴覚が離節の関係に入ること。これによってイメージの対象は風景としてではなく情報あるいはデータ（「与えられるもの」という語の本来の意味において）として立ち現れることになる。時間イメージ的な体制においては「未来の現在、現在の現在、過去の現在がある」(『シネマ2』、一三八頁)と言われるように、時間の様相の質的な差異が抹消されるような局面がある。このようなある種の等質化こそが多線的な時間性を惹起するのであるが、このこととイメージの対象が情報のように与えられるものとして構成されることは対応しているだろう。ごく単純に言い換えれば、もはや**われわれが**過去を思い出し、現在において行為し、未来を想定するのではなく、ただ過去や現在や未来の**イメージが**われわれに与えられるのだ。

いうまでもなくここまでの議論は運動イメージと時間イメージの極端な単純化であるが、ふたつのシステムの中心的な骨組みが眼－カメラと眼－スクリーンという軸を導入することによって明らかになることは、それ自体一考に値すると思われる。なぜならこのことこそが、ふたつの体制の分化という問題へとわれわれを導くからだ。

やや唐突な言いかたになってしまうが、ふたつの体制の分化以前の次元として、ドゥルーズがベルクソンの純粋知覚論のある種の事実化によって獲得した「気体状の知覚」という概念を想定することを提案する。気体状の知覚はまず「運動イメージにおける演繹の零度」つまり「零次性」を構成するものであるのだが(『シネマ2』、四三頁)、ドゥルーズはこれを物が知覚するような状態として規定する(『シネマ1』、一一五頁)。つまり、彼はここで物それ自体のうちに原因と結果の不均衡を導入しているのであり、物質的なレベルでの決定論が完全に退けられる。このような知覚のありかたを「物の知覚」と呼ぶことにしよう。この物の知覚は、運動イメージの原初的な形態である「気体状の知覚」と同格であると同時に、時間イメージの原初的な形態である「純粋に光学的な状況」と同格である。ドゥルーズは純粋に光学的な状況において刺激と反応のあいだに宙づりにされる状態を身体の「石化 pétrification」の顕現として捉えることができるだろう。これは気体状の知覚とは別のしかたでの決定不可能性の(『シネマ2』、二三七頁)と名指すが、とすれば、物の知覚は運動イメージと時間イメージの両者に共通する根底的なレベルに想定されるものであり、眼にカメラが接続されることと眼にスクリーンが接続されることは、それ自体としては経験不可能な物の知覚という審級からなんらかの経験可能なシステムを実現するためのものであることになるだろう。つまり、物の知覚とは経験の条件であり、眼－カメラあるいは眼－スクリーンは可能な経験のふたつの類型であるのだ。

眼とカメラの相互的な生成は主観と客観の二極化を引き起こし、風景がイメージの対象となる。眼とスクリーンの相互的な生成は視覚と聴覚の二極化を引き起こし、情報がイメージの対象となる。**そして、身体とカメラの相互的な生成は、身体と物体の二極化を引き起こし、土地がイメージの対象になる。**われわれは『土瀝青 asphalt』と「揺動メディア論」を通して、イメージの第三の体制に到達したのだろうか。急いで付け加えておかなければならないのは、この三つの体制はそれぞれが独立して機能するのでなく、いずれかが支配的になることによってそれ以外の体制が従属的な機能を果たすようになるということだ。そして、運動イメージ＝見る、時間イメージ＝読む、揺動イメージ＝触れる、というように、三つの体制それぞれに三つの実存の様態の脱主体化された純粋なありかたを見ることもさほど的外れで

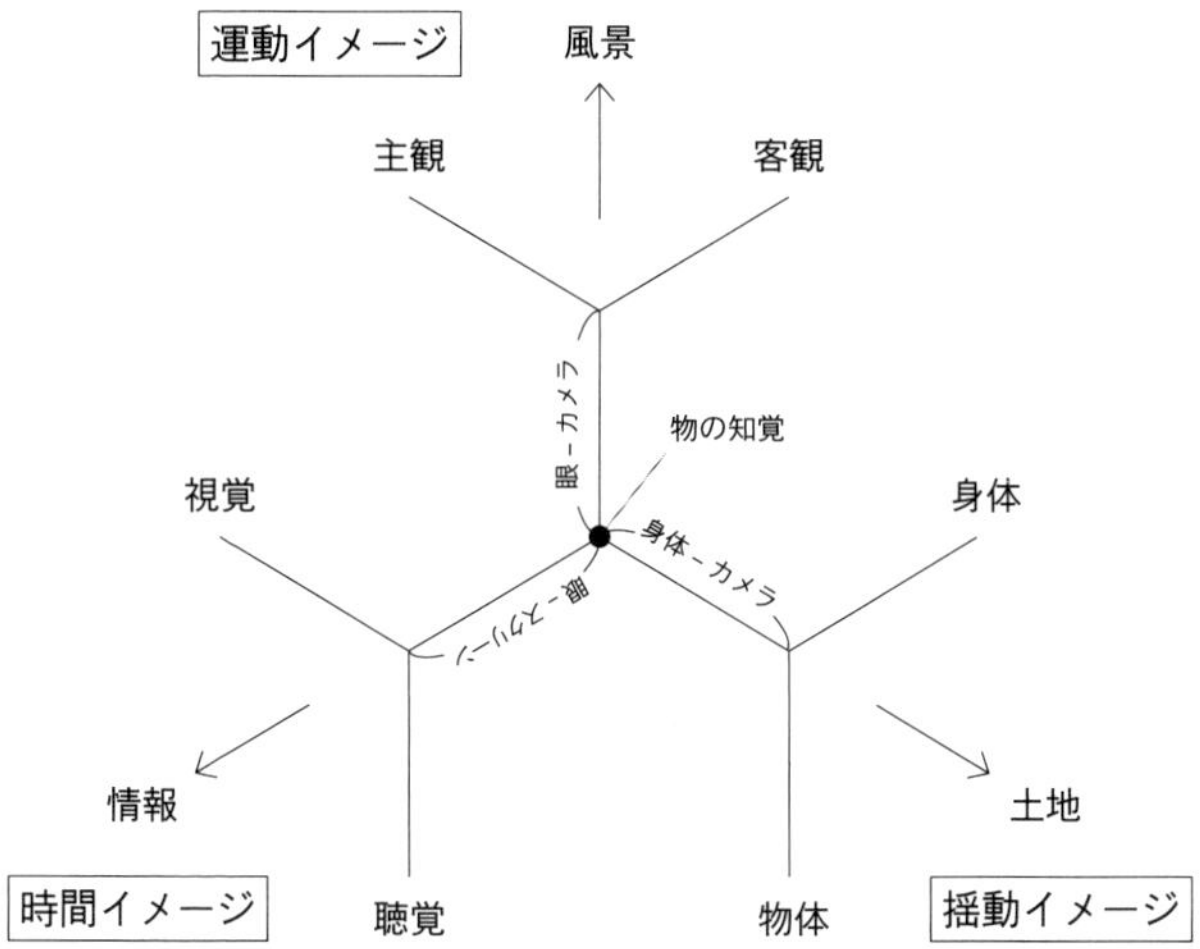

はないだろう。物の知覚という存在論的なレベルでの前提、身体器官と機械の接続によるアレンジメントの発生、そしてそれによる対象の構成という三つの次元による『シネマ』の捉え直しは、ドゥルーズ自身が宣言しているように開かれた分類学の書物としてこの書物を、第三の領域へと開くことを可能にする。

〈たんに見る〉ことがなぜ難しいのか
――『眼がスクリーンになるとき』について

眼が、スクリーンになるとき

――福尾さんのご著書『眼がスクリーンになるとき　ゼロから読むドゥルーズ『シネマ』』（フィルムアート社、二〇一八年、二〇二四年に河出文庫より再刊）を読ませていただきました。とくに後半では知覚についても論じられていますので、今日はその問題にも踏み込んでお話をうかがいたいと思います。この本ではまず、「眼がスクリーンになるとき」という不思議なタイトルに興味が引かれます。一般的には、眼はよくカメラにたとえられますが、「眼がスクリーンになる」とはいったいどういうことなのでしょうか。

福尾　『眼がスクリーンになるとき』は、ジル・ドゥルーズが映画を論じた哲学書である『シネマ1』と『シネマ2』を読解・解説する本です。ドゥルーズには、他にも著作がたくさんありますが、この『シネマ』は、アンリ・ベルクソンの哲学をアップデートするモチベーションに強く貫かれていることが特徴です。つまり、映画を論じることとベルクソンを論じることがふたつの大きな柱になっているんですね。

ドゥルーズがベルクソンから受け取った中心的な

テーマは、「知覚の外在性」と「身体の後発性」のふたつだと、僕は考えています。「知覚の外在性」とは、われわれが見たり触れたりするとき、その知覚はわれわれの頭のなかや体のなかにあるのではなく、対象のあるその場所にある、つまり、対象があるその場所にわれわれの知覚がある、ということです。一八九六年に刊行された『物質と記憶』という本で、ベルクソンはそのように言っています。これは後でもう少し具体的に説明しますが、「存在する」ということと「知覚される」ということを切り離さないようにしよう、ということです。

存在することと知覚されることを切り離して考えるのは、知覚に対応する対象がそれ自体として実在しているとする「実在論」の立場です。逆に、イギリスの哲学者のジョージ・バークリーが言ったように、「存在するとは知覚されることである」と考えると、知覚されないものは存在しないという極端な「観念論」になっていってしまいます。ベルクソンはそのどちらでもなく、知覚されるものも知覚されないものも存在するが、知覚しえないものはないのであって、両者に質的な分断を持ち込むことはやめましょう、と提案したわけです。そこで彼がつくったのが、「イマージュ」という概念でした。英語で言えばイメージですね。

ドゥルーズは、『シネマ』という本で映画を論じるために、ベルクソンのこのイマージュという概念を使っています。そうすると映画がどういうふうに見えるかというと、普段われわれはまず映画として投影されるイメージがあって、その向こうに映画が描いている世界があると漠然と考えて映画を見ていますが、そうではなく、映っているものそれ自体がひとつの世界であるようなものとして映画を見ることができるのではないか、と、ドゥルーズは考えたわけです。つまり、監督の意図であれ作品の主張であれ、知覚される映画のイメージの「向こう側」に知覚されていないものがあるという想定を退ける。これが「知覚の外在性」にかかわる、ドゥルーズの映画に対する考えかたのあらましです。

もう一方の「身体の後発性」は、この「知覚の外在性」とセットになっていて、ベルクソンもドゥルーズも、身体があってそれが対象を知覚しているのではなく、最初に知覚があって、そこから身体が立ちあがるのだ、というふうに説明しています。

たとえば、隣のテーブルのペットボトルが誰かの手にあたって床に落ちそうになるのを見たとき、われわれは「あっ!」と言って思わず手が出るでしょう。届かないかもしれないけれど、手が出てしまう。あるいはサッカーの試合を見たりビデオゲームをプレイしているとき、思わず体が動いてしまう。見えているもの、知覚されているものに体が引っ張られてしまうことは、われわれも日常的によく経験していることです。「最初に知覚があって、そこから身体が立ちあがる」というベルクソンやドゥルーズの考えは、このことを極端に言っているんですね。つまり、身体的なシステムがすでに成立していて、そこに知覚されるものが立ち現れるのではなく、まず知覚されるものがあって、それに無理やり引っ張られるようなかたちで、われわれの身体が立ちあがる。僕の本の表題の「眼がスクリーンになる」とは、まさにそういうことなんです。

たとえば眼という器官がどのようにできてきたかを考えると、いっそうわかりやすいかもしれません。それは最初、ものすごくぼんやりと明るいか暗いかを認識するだけの器官だったと考えられます。それはもしかすると、皮膚の表面に偶然できたホクロのようなものだったかもしれない。そこだけ色素が違いますから、受け取る光の刺激もほんの少しだけ変わります。それがやがてはっきりと「明るい/暗い」を識別し始め、僕たちが今「眼」と呼ぶような器官へと変わっていく。それはだんだん複雑化していって、対象の輪郭や色、それとの距離なども識別できるようになるわけですが、最初は文字どおり、ただたんに光を受け止める表面という意味での「スクリーン」だった。と、これが、知覚が先にあってそこから身体や身体の器官が立ちあがってくるという、「身体の後発性」という考えかたです。

文字どおりの意味で、「見る」ということ

確かに一般的には、眼はカメラにたとえられることが多いですよね。それは結果的にもう十分に発達してしまった眼を想定するから、その機構や機能がカメラに似ていると思えるわけです。しかしそれも、あくまで比喩でしかない。そういう意味で、眼をカメラにたとえることはできるし、逆にカメラを眼にたとえることはできるけれども、眼をスクリーンにたとえることはできません。なぜなら眼は、比喩ではなく、初めからまさに「文字どおりの意味で」、つまり「リテラルに」スクリーンそのものであるからです。

「眼‐カメラ」と「眼‐スクリーン」というふたつの関係性をつなぐハイフンは、そもそもその性質が違っています。前者は比喩的な回路、ドゥルーズの言う「フィギュール」的なハイフンです。フィギュールは英語でいうフィギュアで、形象、文彩、人物像などの意味がありますが、ドゥルーズは『シネマ』においてこの言葉を「比喩的な形象」という意味で用いています。それは比喩的であると同時に、言語ではなくイメージによってつくられる関係性であることを、ドゥルーズは強調しています。

眼をカメラのような機械的システムとして解説したり、カメラの眼で見る、というように擬人化したりするイメージ化が、すなわちフィギュール的なハイフンです。一方「眼‐スクリーン」のハイフンは、文字どおりそうであるという「リテラル」なハイフンです。それは、「眼」と「カメラ」が比喩的なイメージでつながれる前提として、ただたんに光を受け止めるだけの表面としての「眼」、すなわち「スクリーンとしての眼」がある、ということです。ドゥルーズは『シネマ』という本で、映画を見るという行為をフッテージ（足場）として、そうしたリテラルな「眼」、つまり「スクリーンとしての眼」をポジティブに捉えようとしたのではないかと、僕は考えています。

――「眼はカメラのようだ」という比喩はわかりやすいですが、「眼は文字どおりスクリーンだ」と言われても、そこには「見る」という能動性が含まれない感じがして、ちょっと理解しづらいですね。

福尾　ええ、人は「見る」ということに、過剰な能動性を求めてしまいがちですからね。たとえばポストモダンの映画批評や映画理論でよく言われた「眼差し」という概念も、その能動性とセットになっていました。とくにフェミニズム批評では、主体的な男性が受動的な女性を眼差すというふうに、男性の側から見て、眼差す主体の能動性を前提としたうえで、その眼差しが映画のなかでどんなふうに機能しているのか、というようなことを語ってきました。ポストコロニアリズムもそうですね。能動的な植民者が眼差す植民地世界の見かたを批判する。オリエンタリズムもその構造は同じで、眼差す主体は常にマジョリティであり、眼差される側は受動的なマイノリティであるわけです。

ポストモダンの映画批評や映画理論は映画にそういう構造を読み込むことに熱心で、そもそも「見る」ということ自体の受動性はあまり問題にしてきませんでした。僕はドゥルーズの『シネマ』を読んでみて、この本は「見る」ということそのもの、つまり文字どおりの意味で「見る」ということ、むしろ「見え」としての「ビジョン」が与えられることの受動性を考え、それを肯定的に捉えようとした本として読むべきではないか、と考えたわけです。

距離のない「ゼロ度の知覚」とは

ドゥルーズは、あるインタビューで「あなたの本にはなぜ「眼差し」という概念が登場しないのか」と聞かれた時、「眼ははじめから物のなかにある」と答えたうえで、「眼はカメラではなく、スクリーンなのです」と言っています。これは冒頭にお話ししたように、ベルクソンの「知覚の外在性」にかかわる話ですね。ベルクソンは、知覚されているものがある場所に「私」があると言います。つまり、たとえば窓の外に木が見えたとしたら、その木のある場所に「私」があると言ってもいいと言っている。

常識的に考えれば、私はここにいるし、木は窓の外のあそこにある。あそこにある木を、私は家の中の**ここ**で見ているわけですから、私は木のところにいるはずがない。しかしこれは、経験的な距離の話です。確かに私があの木に触ろうとすれば、家を出て、木のある場所まで歩かなければならないでしょう。ベルクソンはここで、「じゃあ、〈私〉が、触覚をまったくもたない生物であると仮定してみてください」と言います。触っても自分のからだを感じることができないですから、自分の輪郭も、**ここ**にいるという存在感も感じられない生物ですね。そういう生物があそこにある木を見たとしたら、見えているまさにその場所に自分がいると考えることは、それほど不自然ではないように思われます。

ベルクソンの言いかたは非常に極端で、ちょっとわかりにくいかもしれません。しかし、そんなふうに考えてみると、たとえば映画におけるスクリーンというものも、たんにここにいる〈私〉があそこを見るというような経験的な距離を前提とした場所ではなく、むしろ見ている〈私〉がスクリーンにべったりと貼り付いたような存在であり、まさにそここそ、対象が「見える」ということが起こっている場所である、と考えられるのではないかということですね。

――一般的に映画では、私たちはスクリーン上に映写されている映像を見ているのであって、スクリーン自体を見ているわけではありません。そのことが「眼―スクリーン」の関係を見えにくくしている原因かもしれません。

福尾　そうですね。僕はこれを距離のない「ゼロ度の知覚」と呼んでいますが、とはいえ視覚と距離が相互補完的な関係であることも確かで、ベルクソンも決してそれを否定しているわけではないと思います。先ほど眼という器官のできかたを例に引いてお話ししましたが、「ゼロ度の知覚」は、たとえばアメーバやゾウリムシといった視覚をもたない原初的な生物が、単純な物理的接触や化学的刺激に反応することに近いと思います。それこそ距離ゼロの知覚と行動の連鎖を、彼らは営んでいる。ベルクソンは、そうした原初的な機構が複雑化していくことによって、視覚や聴覚といった、ある種の距離を前提とした感覚や運動になっていくのだという言いかたをしています。

　われわれ人間もそうですが、複雑化するということは行動が自由になるということです。それに応じて選択の可能性も広がりますから、選択をする時間も必要になって、対象との時間的な距離も広がります。原初的な生物なら接触してすぐ行動するので、時間的な距離もほぼゼロに近いのですが、たとえば脊椎動物くらいになると、捕食者がここまで来るまでの空間的な距離を測ったり、迷ったりする選択の時間が生まれてくる。ベルクソンは、知覚の空間的な拡張と反応の時間的な遅延は比例関係にあると言っています。だからベルクソンも、「眼はスクリーンだ」と言うドゥルーズも、空間的にも時間的にも距離のない「ゼロ度の知覚」、つまり接触的な知覚を基本とし、その延長として現在のわれわれの知覚があると考えている。

　とはいえ視覚も、あるいは聴覚や触覚も、やっぱり最初は距離ゼロのところから複雑化して距離を獲得してきたのであって、その中心には、「見えているということは、そこに〈私〉がある」というゼロ度の知覚が想定されているわけですね。ドゥルーズは、そのことを「眼はスクリーンだ」と言ってみせることで、そこにある「ゼロ度の知覚」の可能性を探ろうとしたのだと思います。この接触的な「ゼロ度の知覚」は、言い換えると、私という身体と対象としての物が分けられないような、そういう知覚だということです。

「映画」は「世界」のコピーではない

冒頭でもお話ししたように、ベルクソンは実在論と観念論の対立を乗り越えるために、「イマージュ」という概念をつくりました。彼自身、「物質とは、イマージュの総体だ」と言っているように、ベルクソンにとってイマージュは物質に取って代わる概念、つまるところ、あらゆるものがイマージュであるとして導入されています。

観念論者は、われわれが見たり触れたりする物質は、「表象」として精神のなかに存在するだけだと主張します。それに対して実在論者は、色や手触りなどといった、対象に備わっているように知覚されるものはじつのところ物質それ自体の性質ではなく、実在する「物」はわれわれの脳内で生成される表象とはべつに、ただ「物」としてあるのだと主張します。ベルクソンの「イマージュ」は、そうした観念論者の言う「表象」と実在論者の言う「物」との間にあって、そこには何も質的には変わりはないことを示す、一種の指標として用いられたのだと考えることができます。

――そうすると、イマージュとは何か、しっかり概念化して捉える必要がありそうですね。

福尾 ええ。大前提としては今言ったように、ベルクソンは物質という概念に代わるものとして、イマージュという言葉を使っているということです。普通イメージというと、頭のなかで思い浮かべるものとか、描かれた絵のようなものを指しますが、そうではなくて、ベルクソンはイマージュを、物質に取って代わる概念としてもち出してきていることが、非常に重要な点だと思います。

ところがまさにここで、『シネマ』という本独特の難しさと面白さが生まれることになります。映画は一般的に、「動くイメージ」だと理解されていますね。この時の「イメージ」は、普通の意味でのイメージです。ところがドゥルーズは動くイメージとしての映画を考えながら、そのイメージという概念を、ベルクソン的な意味でのイマージュに読み替えてしまうわけです。ベルクソンが普遍的な物質概念として導入したイマージュという言葉を、ドゥルーズは、「イメージ／イマージュ」という言葉の重なりをきっかけにして、人間が人工的につくった映画にそのまま使っていく。そういう捻れをあえて仕掛けていくわけです。

もう少しわかりやすい言いかたをすると、映画は普通、すでにある世界をカメラの眼で切り取って、人工的に再構成したイメージであると考えられているわけですが、ドゥルーズは、それ自体が世界であるようなイメージとして映画を考えるために、あえてベルクソンの「イマージュ」という言葉をスライドさせて使ったということなんですね。

――「それ自体が世界であるようなイメージ」とは、どういうものでしょうか。

福尾　それはおそらく、ドゥルーズの芸術理解にかかわる話だと思います。僕の本の冒頭でも紹介しましたが、ドゥルーズが映画を見るときの態度は、「私はごく素朴な観客です。とりわけ、見たままの画面と、その背後の意味といったうがった見かたは信じていないのです」と、自身がそう書いています。つまり作家の意図や登場人物の心理といった、そこには見えていないものはあえて邪推せず、素朴に見て楽しんでいるのだ、と。

そもそも芸術というものを考えた場合、一般的には先ほどの映画の例のように、まず世界や経験があり、それを人工的に再構成したもの、という理解になるでしょう。つまりそこには、モデルとしての「世界」とコピーとしての「作品」があるわけです。しかしドゥルーズはこのモデルとコピーという分断を、そもそも信じていませんでした。ベルクソンがモデルとしての「物」とコピーとしての「表象」の分断をイマージュという概念で無効化したように、ドゥルーズもまた、「モデル」と「コピー」の分断を無効化しようとした。世界はイマージュであり、映画もイマージュで、それでいいじゃないか、私はそのどちらも素朴に見ます、とドゥルーズは言うわけです。素朴すぎて逆に伝わりづらいかもしれませんが、それ以上でもそれ以下でもない見かた、ですね。

　少し話がずれますが、こうした「あれであれ、これであれ」という肯定の技法は、ドゥルーズの哲学では「離接的綜合」と呼ばれます。映画のイマージュであれ、世界（日常経験）のイマージュであれ、固有の自立したリアリティを備えています。映画は日常経験ではないし、日常経験は映画ではない。でも映画を見るのは日常の「なか」ではないかとも言いたくなりますが、離接的綜合のメリットは、さまざまなものを安易に包含関係や前後関係や優劣関係に置くのでなく、「とりあえず並置してみる」ことにあるのではないかと考えています。普通に言えば芸術は人間がつくったもので、そこには容易に自然／人為という分割が生まれます。しかしたとえば、モネの睡蓮と実際の睡蓮、セザンヌの山と実際の山の間には、「蘭と蜂の並行進化」のような関係、ドゥルーズが「自然に反する婚姻」と呼ぶような関係を想定するほうが生産的なのではないでしょうか。山は山の絵を可能にしますが、山の絵によってしか実現されえない山の感覚もあります。山と山の絵をとりあえず並置してみること、映画的経験と日常的経験をとりあえず並置してみること、こうした離接的綜合の技法によって、派生的なものとして劣位に置かれるもののポジティビティ＝実定性を捉え、両者の関係をより創造的なものとして考えることができます。

「たんに見る」ことが開く、生成変化の可能性

——そのように「素朴に」芸術を鑑賞したり理解しようとすると、いったいどういう利点があるのでしょうか。

福尾　たとえば映画には、モンタージュという手法がありますね。あっちで撮ったショットとこっちで撮ったショットというように、視点の異なるショットをつないだりする手法ですが、これを素朴に見るということは、あたかも瞬間移動したような世界として映画を見る、ということです。これは映画の技法のひとつにすぎないという「うがった」見かたをしないで、この視点から別の視点に瞬間的に移動するような「何か」を想定するような見かたをする、そういう知覚がつくっている「身体」を考える、ということですね。

　そうすると何ができるかというと、人間的な視覚のありかたや人間的な経験のありかたというものが相対化できるわけです。「これは映画にすぎない」という見かたは、人間的な視覚や経験を軸に置き、それとの距離で映画のつくられかたを考える見かたです。モンタージュが自然に見えれば、それは人間の視覚経験に近いからだと見るし、モンタージュが自然に見えなければ、そこには非常な技巧が凝らされていると見る。そういう見かたでは、人間の経験からしか映画を考えることができないわけです。

　それじゃあつまらない、というのがドゥルーズの考えかたで、われわれが見る世界と映画のイメージを簡単にモデルとコピーに置き換えてしまうのではなく、それをイマージュという言葉に置き換えることで地続きにしてみる。そうすると、たとえば映画のモンタージュは世界のコピーではなく、そこではまったく別なもの、まったく別なイマージュが構築されていると見ることができる。モンタージュのような映像の技法だけではなく、映像と音との関係も、われわれが普段見たり聞いたりする世界とはまったく違うつくりかたが映画にはできるわけで、それが、人間の経験のシステムを相対化させると考えたわけですね。

　人間の経験のシステムが相対化されることで、それをつくり変える可能性も見えてくる。「人間とはこうである」という決め付けを、映画を見ることをとおして変形させていく。ドゥルーズにとって「生成変化」は、それを通して人間が何かに変わっていくための、非常に重要な概念です。ドゥルーズは、映画を素朴に見ることに、そういう生成変化の可能性を開きたかったのだと思います。

——変わり続けていくことは、ドゥルーズの思想のもっとも核心的な考えかたですね。

福尾　ええ、そこがベルクソンとドゥルーズの違いを語る、いちばん重要なところだと思います。

ベルクソンは、デジャビュや失語症、記憶障害といった、人間的な知覚のシステムが成り立たない状態の研究をとおして、健全な人間の知覚の成立条件とは何かを考えていったわけですが、ドゥルーズは、そうした病理や、ある意味で非人間的な状態「それ自体に」価値を見いだしています。そういう病理のなかには、時間的な連続性も空間的な連続性もわからない、場面場面の関係性もわからない、あるいは見ているイメージと耳に入ってくる音声との関係も意味を形成しないような、さまざまな症状が見られます。ちょうど映画の、モンタージュのようなイメージですね。

ベルクソンにとってそうした病理は、健全な人間的経験のネガ＝陰画として考えられるものですが、ドゥルーズはその病理自体に、「生成変化」というポジティブな可能性を見いだそうとした。ベルクソンとドゥルーズは、問題の根っこはかなり似ているところが多いのですが、そこから何を展開するかということは、やはり大きく違っています。

ただ、ここで言っておきたいのは、だからといって、ベルクソンが「健全」というような固定された人間観に縛られていたかというと、決してそうではないということです。むしろベルクソンは、すでに成立した経験のシステムからはみ出してしまうものも含み込んでいくような力を、生物はもっていると信じていました。

ドゥルーズがフェリックス・ガタリと共同で提唱した、「再領土化」という概念があります。自分のなかにはすでに成立している（領土化されている）経験があって、それにあてはまらないことに遭遇したとき、その経験は崩壊する。これを「脱領土化」と言いますが、ベルクソンは、その未知のものさえも経験として取り込んでいける、――つまりそれが「再領土化」なのですが、それができる存在として生物を考えていたのだと思います。

それに比べるとドゥルーズは壊れること、つまり「脱領土化」のほうに、ポジティブな価値を見いだそうとした哲学者だと言えるかもしれませんね。

知覚の連携を組み換えるための「創造」

――ドゥルーズの哲学は非人間的な哲学だと、よくいわれます。

福尾　それは、あながち間違っていないと思いますが、だからといってドゥルーズが一足飛びに人間のしがらみから自由になれたかというと、決してそうではないと思います。ドゥルーズは人間を否定したわけではなく、むしろ人間の生成変化の可能性を考えるために、ある種の非人間的な視点を哲学に導入しようとしたのだと思います。まさにそれが、「知覚の外在性」や「リテラル（文字どおりの）」といった概念だと思います。

僕は、ドゥルーズにとって「能力論」というテーマはかなり重要だと考えています。能力には、触覚や視覚、聴覚といった知覚や記憶、悟性、理性などいろいろありますが、それは人間や動物という「主体」が何かと関わる回路のタイプだと思います。見える対象に関わる回路が視覚であり、過去と関わる回路が記憶です。つまり、能力は何らかの対象をもっている。そして能力は相互に関係している。見えるものと覚えているものを連携させることができるから、「これはリンゴだ」と言えるわけですね。ドゥルーズは、映画はもちろんあらゆる芸術を、そうした能力を組み換える装置として考えていたのではないかと思います。

われわれが普段、目の前に見えているお茶に手を伸ばして簡単に飲むことができるように、日常の生活においては、見る能力と動く能力は勝手に連携してくれています。しかしある種の病理では、その連携が切れてバラバラになってしまう。それは決して特殊なことでもネガティブなことでもなく、そもそも能力は、最初はバラバラだったのではないか、と考えられます。生物としての初めには、視覚と聴覚はなんの関係もなく別々にできてきたのだろうし、触覚と視覚もまったく別の能力であるはずなのに、今、われわれはそれらを自然に連携させることができています。この自然に連携してしまうことが、逆に言えば、われわれの経験のありかたを拘束していくわけですね。たまたま成立しているさまざまな能力が連携し合うことを、ドゥルーズは「共通感覚」と呼んでいます。共通感覚はいつの間にかわれわれにインストールされてしまい、そこから出ることができなくなってしまう。そしてカントは、たまたま経験的に成立しているにすぎない共通感覚を超越論的な領野へと引き写したとしてドゥルーズに批判されます。条件付けるもの（超越論的なもの）が条件付けられたもの（経験的なもの）に似ているはずがないという、『差異と反復』の有名な主張ですね。そうして共通感覚からはみ出ている部分は、病理的なものとして排除されてしまう。そんなふうに人間を固定化していく大きな力というか、傾斜をドゥルーズは感じていて、だからこそドゥルーズにとっての芸術は、そうした固定化や傾斜を壊してくれるものとして考えられているんですね。

そういう意味では映画はまさにうってつけのメディアで、とくにモンタージュでは、視覚も聴覚も、時間も場所も、いったんバラバラにしてつなぎ直すという、非日常的な、ある意味で非人間的な経験ができるわけです。それは、われわれが自然に行っている能力の連携のありかたを組み換えていく契機となる。ドゥルーズはそう考えていたのではないでしょうか。

――ドゥルーズの非人間的な哲学は、じつはポジティブなんですね。

福尾　知覚や経験のありかたを組み換えるというのは、もちろんポジティブな意味合いもありますが、それはかなり暴力的な組み換えでもありえます。ドゥルーズの言うような芸術としても可能ですが、マスメディアでも政治でも、同じようにそういう書き換えができるので、両義的な、諸刃の剣でもあります。

人間には能力のつなぎかたを組み換えて変化できる可能性があり、その方法もたくさんある。一気に世界に拡散できるようなテクノロジーが加われば、そうした変化を加速することもできるでしょう。ところがそれを、いわゆるGAFAといわれる企業に委ねすぎてしまうと、今度は限られたブラウザやインターフェイスのなかに閉じ込められてしまう恐れもある。たとえばARグラスの全面化は、今、ウェブブラウザ上で起こっているような「フィルターバブル」を日常的な知覚経験のなかにまで拡張するかもしれません。変化の可能性は創造に向かう契機でもありますが、反対に、いつの間にかわれわれが何かに従属させられてしまうきっかけともなるわけです。

――ドゥルーズの言う「偽なるものの力能」は、そうした従属への抵抗のひとつの手段となり得る。

福尾　そうですね。「偽なるものの力能」といっても、みんなウソをつけばいい、好き勝手言えばいい、ということではなくて、あくまでも「真なるもの」に従属させられないための抵抗として提起されています。とにかく「真実である」という形式は、人を従属させるにはもっとも有効ですから。

ドゥルーズは「哲学とは概念を創造することだ」と言っていますが、これはたんに哲学は創造的ですごいと言っているわけではなく、従属に対しては、創造することだけが抵抗行為だと考えていたのではないかと思います。人に従属を強いる普遍的な価値＝真なる形式が立ちあがらないように抵抗する。創造が最後の砦であり、われわれの世界を貧しいものにしないための抵抗行為であるわけです。何か新しいものは、既存の価値の形式に依存しません。それとはまったく違う何かをつくる、ということであり、それ自体が抵抗となり得るのです。創造性をことほぐことは、常に「普遍」の阻止をともなっているということ、この両面を忘れるべきではないと思います。なぜなら、ナショナリスティックな天才崇拝にせよ資本主義的な技術的イノベーション信仰にせよ、一見創造性を賛美しているように見えてじつのところ既存の価値の再肯定にしかなっていないということは往々にしてあるからです。

――それがドゥルーズの言う、「物語」をつくる重要性にもつながる。

福尾　ええ。普通の意味での物語は、一筋の単線的なストーリーがあって、主人公がいて、というようなものですが、ドゥルーズは「物語」という言葉をかなり拡張して使っていて、新しい内容ではなく、新しい「語りかた」を創造することこそが重要である、と言っています。

映画を記述し直すための「ガラス映画論」

――福尾さんは『眼がスクリーンになるとき』の刊行後のあるインタビューで、今後のお仕事として、映画のモデルを「ガラス」という概念を使って考えたいと語っておられます。ガラスは透明であると同時に反射もするし、そこに像を映し込みもして、とても面白いマテリアルだと思います。映画をガラスとして考える作業仮説について、お話をうかがえますか。

福尾　映画を考えるモデルとしては、これまでは「影絵」というモデルがありました。目の前にはスクリーンがあり、そこに動いている人が投影されると、その場にその人がいるものとして映画を考えるというようなモデルで、これは非常に素朴なリアリズムだと思います。

戦後のフランスの映画批評家で、大きな影響力があったアンドレ・バザンなどはこの影絵モデルで映画を考え、批評を展開しました。つまりインデックス、現実の指標として映画を考えるということですね。それは映画を撮るとき、自然光がカメラのレンズをとおしてフィルムに像を焼き付けることとまったく同じ意味で、物理的な因果関係によって映画のリアリティが成立しているという考えかたです。ですからバザンは、物理的な現実に対応しないモンタージュという技法には否定的でした。

映画を考えるモデルとして、もうひとつ「鏡」という概念があります。精神分析的な映画批評や映画理論がまさしくそれで、何かの心理や想いというようなものが投影された対象として映像を見る見かたです。ですからそこでは、先ほどふれた「眼差し」という概念が非常に重要になってきます。僕は、こうしたバザンのような素朴なリアリズムでもある種の心理主義でもない、新しい映画の捉えかたが必要ではないかと考え、そのインタビューで初めて「ガラス」という言葉を提起してみました。というのも、影絵モデルでも鏡モデルでも、モンタージュという極めて映画的な技法をちゃんと説明することができないと考えたからです。

影絵モデルでは、動く像そのままの連続したシーンにこそリアリティがありますから、いわゆる「長回し」がいい、という話になってしまいます。一方鏡モデルでモンタージュを扱おうとしても、たんに「見る／見られる」というような、視点の交代劇としてしか捉えることができません。そうではなくて、「見る／見られる」のような能動と受動がはっきり分かれる関係性には収まらないものとしてモンタージュがあり、映画的なイメージはむしろその延長線上に考えたほうがいいのではないか。半分は透明で向こう側が透けて見えるけれど、半分は反射してこちら側が映り込んでいるようなガラスは、たとえば会話する二人の姿を交互に切り替えつつつないでいく「切り返しショット」を圧縮したような装置であり、映画を考えるモデルとして、影絵や鏡よりふさわしいのではないかと思ったわけです。

具体的にはジャック・タチの『プレイタイム』（一九六七年）はガラスのつくる半端な反映と視覚的距離と聴覚的距離の分離によってギャグを編んでいく、特権的なガラス映画として挙げることができます。最近の映画でもトッド・ヘインズの『キャロル』（二〇一五年）やドゥニ・ヴィルヌーヴの『メッセージ』（二〇一六年）などでは、ガラス的な映像表現が物語と密接に関わっていました。

これを『眼がスクリーンになるとき』の語彙に戻すと、リテラリティとフィギュールの地続き性（識別不可能性）を考える、という話に対応すると思います。

透けていたり反射したり、それが同時に見えたりと、さまざまな表れかたをすることで、「ガラス」という物質はさまざまな現象を見せてくれます。ベルクソンが、客観的な物質と主観的な表象をつなぐ言葉として「イマージュ」という概念を提示したように、「ガラス」は、リテラティとフィギュールを地続きにする概念としても考えられるのではないかと思います。

ガラスのスクリーンを「見る」ように……

――「ガラス」を挟むことで、主体と客体、透明と不透明、物質とイメージなど、さまざまな対立項が地続きになり、思考がすっと広がるように感じます。

福尾　ガラスという概念が思い浮かんだのは、「私」や「あなた」というような人称を、映画ではどのように捉えたらいいのか、という問題を考えていたからです。私とあなたは完全に分かれているのか、それともごちゃ混ぜの状態なのか……。ごちゃ混ぜがリテラルで、はっきり分かれているのがフィギュールだと言えば理論としてはすっきりしますが、現実的にはそんなふうに単純に対応しそうもないし、実践として、どちらを選択すればいいのかという問題もあるでしょう。

たとえば僕は美術批評を書くこともあるんですが、美術にはインスタレーションという分野があり、それは絵画や彫刻のように作品を対象として見るというよりは、見る人が作品に囲まれるような形式になっています。一目で全貌を見渡すことのできないインスタレーションもあり、そういう作品は、観客が歩き回って作品を見ていくことになります。ですから、絵画や彫刻には「理想的な視点」が前提できるのですが、インスタレーションの「理想的な視点」はそんなに簡単ではなく、人によってさまざまに違っている可能性があるわけです。映画でも、座席に座って正面を見続けていれば作品の全部を見ることができるわけですから、「理想的な視点」が前提できないということは、インスタレーションならではの特徴といえるでしょう。

絵画や彫刻や映画のように、理想的な鑑賞状態が想定できるということは、みんなが同じように見るわけですから、とりたてて鑑賞における主観性を考えなくてもいいということです。しかしインスタレーションの見かたは人それぞれですから、その批評を書こうとすると、絵画や彫刻や映画を論じるような素朴な客観性に依拠できないわけですね。といって、「私の場合はこう見ました」という主観性に閉じこもってしまうと、それは批評ではなくエッセイになってしまいます。ですから、インスタレーションの批評を書くときは、僕はいつも引き裂かれるような感じに襲われていました。

で、そのどちらにも偏らないで、鑑賞経験の手触りを残しつつ、けれどももう少し抽象的な存在としての「私」という主語で、インスタレーション批評を書くことができないか、と、僕はこの一年ほど、そんな実験をしてきました。たんに作品を記述するだけでなく作品を鑑賞する「私」も書くことを通して作るわけで、それは「デコイ(囮)」のようなものではないかと考えました。「ガラス」あるいは「デコイ」としての「私」というイメージは、僕のなかでは明確にひとつながりの問題となっています。

影絵モデルは「客観的現実」を、鏡モデルは「主観的ないし心理的現実」の存在を想定していますが、他から切り離されたそのような現実などないと僕は考えています。そうした「本当の現実」は言わばどちらも「ルアー（疑似餌）」のようなもので、他人を「本当」に誘い込み釣り上げるためのものです。ルアーが「釣り」の道具であるとすれば、デコイは「逃走」のための道具です。この差異こそが重要だと思います。

——映画ももちろんですが、これから生まれてくる新しい表現の技法や手法をもった芸術を見たり語ったりする場合には、それを見る「私」とは何かという、福尾さんのような問題意識が必要です。そこから始めないと、旧態依然とした見かたに回収されてしまう。

福尾　そうですね。僕の言うデコイは、つまり「私」がちょっと消える仕掛けなんです。「私」がここにいなくなる。といっても完全にいなくなるわけじゃなくて、相手はいると思っているけれども、じつは「私」はそこにはいない、というありかたができるという仕掛けです。

たとえば相づちというのは面白くて、相手の話を聞いていなくても、理解していなくても相づちは打てるんですね。なんとなくリズムだけ合わせていれば、相手は聞いてくれているものと思って話し続ける（笑）。でも、われわれの日常生活を考えてみれば、むしろそういうありかたのほうが普通であって、互いに「私－あなた」としてちゃんとしたコミュニケーションをとろうとすると、それは相当に頑張らないとできないわけです。一生懸命にコミュニケーションをとろうとしても、実際にはいろんなすれ違いや誤解は起きているし、話の半分は聞き逃してしまっているかもしれません。

そう考えると、この相づちも極めてガラス的ですね。みんなでテーブルを囲んで話をしているときも、時折ぼおっとしたり、他のことを考えたり……というように、**それぞれの人が少しずつ「消えている」**というようなことはよくあります。それが僕のいうデコイ的な存在のしかたであって、つねに自分としてそこに居続けることは結構しんどいことですから、代わりに自分のデコイを立たせておく。そういう存在のしかたは、じつは人間にとってかなり普遍的なありかたであって、そんなふうに考えることができれば、人とのコミュニケーションにおいて人の言うことがちゃんとわかり、かつ自分の考えがちゃんと伝わる、ということも、じつはそれほど重要なことではない、とも思われてきます。

伝われば成功、伝わらなければ失敗、というほど、コミュニケーションは単純なものでも透明なものでもありません。むしろコミュニケーションが、そういう自明性に依拠してしまうことのほうが危うい。だから映画にしても、そんなに頑張って見なくてもいいんじゃないかな、と、僕は思っています(笑)。

——本日は長い時間、ありがとうございました。

インタビューの余白から

ポスト・トゥルースについて
——あるいは「偽なるものの力能」

——福尾さんはあるエッセイでポスト・トゥルースについて、それがニセモノなのか、あるいはホンモノなのかの議論も重要だが、それ以上に重要なものがあるとして、「偽なるものの力能」というドゥルーズの言葉を提起されていました。この「偽なるものの力能」とは、どういうものでしょうか。

福尾　ホントかウソかわからないものは、今、世界中にあふれていて、それぞれが真実だと主張し合っています。

その一方でドゥルーズは、今のポスト・トゥルースを先取りしたかのように、フィクションにも機能や役割があると言います。それが「偽なるものの力能」ということですが、とはいえこれは、みんなウソをつけばいい、好き勝手に言えばいいんだということではもちろんなくて、「真なるものの形式」に対置して初めて機能するものなんですね。

人が何か論証しようとする場合は、とくに「真実」という形式に沿って語ろうとするでしょう。時系列的に順序立てて事実の推移を語ることで、今現在の自分を根拠づけるというような形式ですね。そういう形式に真実が宿ると考える。そう考えると、現在のポスト・トゥルース的状況というのは、「偽なるものの力能」が一般化した状況ではなく、「真なるもの」の形式をみんなが奪い合っている状態です。ですから、「偽なるものの力能」が発揮される機会は、むしろ逆になくなっているとも言えます。

開催されたばかりの「あいちトリエンナーレ2019」では、旧日本軍が、当時日本に併合されていた韓国の女性に性的労働を強制したとする慰安婦問題に対して、韓国側の抗議のシンボルとして制作された「慰安婦像」をモチーフとした作品や、昭和天皇の肖像を燃やす映像作品など、かつて展覧会への出品を拒否されたことのある問題作ばかりを集めた企画展、「表現の不自由展・その後」が物議を醸し、開催わずか三日目にして、中止に追い込まれてしまいました。芸術は、「良い／悪い」や「正しい／正しくない」というような陳腐な形式を超える営みとしてあるべきなのに、極めて政治的な尺度で測られ、断罪されてしまったことは非常に問題です。と同時に主催者の側も、やはりそういう政治的な主張に還元され得ないような「デコイ」を、ちゃんと用意するべきだったと思います。芸術監督・津田大介氏の誤りは、芸術を「ルアー」として「釣り」の道具にしようとしたことにあるのではないでしょうか。

ドゥルーズは、「哲学は概念の創造だ」と言い、「芸術は感覚の創造だ」と言いました。それはたんに創造することって素晴らしいよね、という話ではなくて、普遍的な何かが確立してしまうことを防ぐために創造が必要だと言っているのだと思います。偽なるもの（フィクション）もその意味では創造であって、そのように創造することだけが、普遍的なものに対する抵抗行為だというわけですね。ここでいう普遍的な何かとは、普遍的な歴史観とか、普遍的な進歩史観とか、普遍的な人間像とか、普遍的な理性のありかたとか、普遍的な人間の権利とかですが、そういうものが立ちあがってしまわないようにするためには、「創造する」ということが重要になるわけですね。

相互にウソかホントかを主張し合う論争は、結局のところ普遍性の獲得合戦にすぎないわけです。そんな争いに巻き込まれないためにも、ドゥルーズは創造、とくに哲学における創造で抵抗しようとした。それが「偽なるものの力能」という言説の核心ではないかと、僕は考えています。

とはいえ、その「創造」がいわゆる努力目標になってしまっては、やっぱりダメだと思います。

具体的なお話のほうがいいと思いますので、もう一度「表現の不自由展・その後」を例に考えてみましょう。「表現の不自由展・その後」のような展示ができる世界とできない世界があって、前者は芸術と政治の距離がちゃんと保たれている世界です。後者は芸術が政治にくっ付いてしまって、距離のない世界。そこでは、多くの日本人が不快に思うことを、日本人の税金を使って行うのはけしからんから即刻中止にする、という、極めてわかりやすい結論が導き出されるでしょう。しかし本当の争点は、そこではなかったのではないでしょうか。

後者の結論が肯定されるとしたら、いわゆるノンポリな作品しか展示できなくなり、じゃあ「芸術」ってなんのためにあるの？という話になってしまいます。僕はもちろん「表現の不自由展・その後」が開催できる世界のほうがいいと思いますが、それは政治の外側（としての芸術）が必要だということよりも、「創造＝立場表明」であるというような見かたをやめましょう、という意味においてなんですね。

もちろん社会のなかでは、パブリックな立場表明が必要な場面はたくさんあります。けれども創造をすべてその個人の立場表明に還元してしまうことは、われわれの世界をひどく貧しいものにしてしまうのではないか、と思うんです。

ですから僕は多くの「表現の不自由展・その後」擁護派のように、政治的な抑圧に対して文化的自由、表現の自由を理念として確保しようというのではなく、そうした「自由」でさえひとつのフィギュールとして扱うような、ある種の狡猾さが必要だったのではないかと思います。でも今回の論争のありかたを見ていると、多くの人たちが「〇〇〇〇対△△△」という単純な図式のなかに自分を位置づけて、「理念」を争っているように見えます。そうしてどんどん個別の作品はないがしろにされていく。

ドゥルーズの言う「創造でしか抵抗できない」とはまさにこうしたことであって、新しいものをつくるということは、既存の形式に依存しないことです。むしろそこから逸脱して、何か別のものをつくる。そういう既存の形式からはみ出す何かに対して、われわれ人間のキャパシティがどんどん小さくなっているようで、それがいちばん問題じゃないかと思います。新しいものをつくるということは、いつもある種のウソをつくということと切り離せません。しかしそのウソが既存の「本当」に根ざし、そこへ釣り込むものであるか、それを壊すものであるかということは大きく異なります。理念もなにもなく、二通りのウソのつきかたがあるだけです。

（二〇一九年八月一四日）

初出一覧・解題

「映像を歩かせる——佐々木友輔『土瀝青 asphalt』および「揺動メディア論」論」

『アーギュメンツ#2』、二〇一七年五月

『アーギュメンツ#2』は批評家の黒嵜想さんが編集し、アーティストの齋藤恵汰さんが発行したインディペンデントの批評誌。書店販売も通販もなく、文学フリマ等への出品もせず、関係者に直接会うことでしか買えないようにすることで、霧散したかに見える「批評」の読者と潜在的な書き手を炙り出すというコンセプトの本だった。僕は『アーギュメンツ』初号を買うことで黒嵜さんと知り合い、二号で読者から書き手へとフックアップされた。本記事の補遺で展開されるドゥルーズ『シネマ』の知覚論は拙著『眼がスクリーンになるとき』に引き継がれることになる。

「画鋲を抜いて剝がれたらそれは写真——迫鉄平「FLIM」展について」

美術手帖（ウェブ版）、https://bijutsutecho.com/magazine/review/16887、二〇一八年六月

独特の脱力感のあるスナップ写真で知られる写真家でありながら映像作品を制作し、加納俊輔、上田良とともにThe Copy Travelersというアーティスト・

ユニットでも活動する迫鉄平の個展のレビュー。初めて商業媒体で書いた美術批評。ここからしばらくの僕の活動において、リー・キット個展評、大岩雄典個展評（本書未掲載）、大和田俊個展評と、ウェブ版『美術手帖』での展評が単発原稿のひとつの定番フォーマットとなる。のちの「ポシブル、パサブル」のインスタレーション論は、「展示≒インスタレーション」という特殊な空間的形式を批評することを通して考えたことのひとつの総括となる。

「見て、書くことの読点について」

『新潮』二〇一八年九月号、新潮社、二〇一八年八月

『眼がスクリーンになるとき』（単行本版、フィルムアート社）刊行直後に執筆したエッセイ。「見て、書く」こと、そのふたつのことのスイッチにおいて起こっていることは六年後の『非美学』での中心的なテーマとなる。エッセイを書くことの面白さを初めて実感した文章でもある。

「テーブルクロス・ピクチャープレーン――リー・キット「僕らはもっと繊細だった。」展について」

美術手帖（ウェブ版）、https://bijutsutecho.com/magazine/review/18734、二〇一八年一一月

いまはもうなくなってしまった品川の原美術館（原美術館ＡＲＣとして群馬県渋川市で存続）でおこなわれたリー・キット個展のレビュー。この美術館の建築としての魅力が最大限活用された展示でもあっただろう。インスタレーション批評における「主観性」の問題という「ポシブル、パサブル」に引き継がれる問いは、このように具体的な作品との出会いをきっかけとして生まれている。末尾の一文は元記事がウェブ媒体に掲載されていたことを受けており、読者とのあいだに「テーブルクロス」的な共同性を拡張する試み。それが紙媒体に転載される

ことの違和感も、その共同性のはかなさのしるしになるだろうと思いそのまま残している。

「思弁的実在論における読むことのアレルギー」
『現代思想』二〇一九年一月号、青土社、二〇一八年一二月

ごく短い文章だが「現代思想」に対する僕のスタンスが凝縮されていると思う。自分が見たり読んだりするものとの出会いが、あらかじめ信じられた「身体性」みたいなものに保証されることもなく、むしろそれを壊してしまうようなリスクも込みで自分の言葉や考えに跳ね返ることを肯定する態度が、僕が「ポスト構造主義」というものから受け取ったものだ。

「異本の論理――アラン・ロブ゠グリエ『ヨーロッパ横断特急』について」
『映画の快楽、快楽の映画――アラン・ロブ゠グリエ レトロスペクティブ公式パンフレット』、ザジフィルムズ、二〇一八年一一月

本書唯一の映画批評らしい映画批評。最後に出てくるブニュエル『欲望のあいまいな対象』は僕が卒論で扱った映画作品で、ブニュエル研究から出発してドゥルーズ『シネマ』論を書いたのに映画批評はほとんど書かないという、放蕩息子的な（？）僕のキャリアのなかでもめずらしく愚直にシネフィル的な蒼さのある文章。

「「新実在論」はどう響くのか――『マルクス・ガブリエル 欲望の時代を哲学する』について」
『朝日新聞』二〇一九年三月一六日、朝日新聞社

友達（大和田俊）が滞在していたインドに遊びに

行っている途中に書いたのが思い出に残っている。帰着日の朝日新聞に掲載されて、成田空港で買って見ると一面がニュージーランド、クライストチャーチのモスクでの銃乱射テロを報じていて、自分の文章が社会とつながっているということの重さを初めて真剣に考えるきっかけになった。

「廣瀬純氏による拙著『眼がスクリーンになるとき』書評について」

REPRE Vol. 36、https://www.repre.org/repre/vol36/note/fukuo/、二〇一九年六月

『眼がスクリーンになるとき』に対していちばん多かった否定的な反応は「なぜ映画作品の話が出てこないのか」ということで、シネフィル（そしてその権化としての蓮實重彥）を怒らせる『シネマ』論を書くというもくろみは思いのほかあっけなく達せられた（蓮實も『ショットとは何か』で怒っている）。『表象13』に掲載された書評を読んで、立論のあまりの杜撰さに驚き、すぐ編集委員会に反論の機会を求め、表象文化論学会のニューズレター『REPRE』にこの文章を寄稿した（廣瀬氏からの再応答はなかった）。この文章の最後に論じている作品未満のものに取り囲まれることの「貧しさ」をポジティブに

「やさしさはひとにだれかのふりをさせる――大前粟生『私と鰐と妹の部屋』について」

『新潮』二〇一九年五月号、新潮社、二〇一九年四月

大前さんは僕と同い年の小説家で、知り合ってからずっとその多作ぶりに圧倒されている。この書評で論じている大前作品の言葉の力は、拙著『眼がスクリーンになるとき』の「リテラリティ」に通じるところがあるだろう。引用文に引っ張られていくような書き方は大前的な言葉のありかたの僕なりの実践。

捉え返すという態度は、エッセイや日記、『非美学』のような理論的な文章での散文実践的な試みなど、僕のいろんな仕事に通底している。つまるところ、『シネマ』が映画論でないと困る者は『シネマ』を読んでいないのだ。

「感じたらこの法螺貝を吹いてください――『全裸監督』について」

『群像』二〇一九年一一月号、講談社、二〇一九年一〇月

当時配信開始後すぐに炎上し、とくに人文系・批評系のひとのなかではいっさいの肯定的評価がなされていなかった、一九八〇年代のアダルトビデオ産業を駆け抜けた村西とおるの評伝をもとにしたネットフリックスドラマの批評。僕としてはそれなりのリスクを取って書いたのだがまったく話題にならなかった。紙媒体で何を書いても良かれ悪しかれSNS上の騒ぎとはもはや無関係なのだ。「ポシブル、パサブル」での「デコイ」と「ルアー」の対比を予示する内容も、人を食ったようなですます調も含めて好きな文章。

「〈たんに見る〉ことはなぜ難しいのか――『眼がスクリーンになるとき』について」

『談』第一一六号、たばこ総合研究センター編著、水曜社、二〇一九年一一月

本書唯一のインタビュー記事。僕は喫煙者なので「たばこ総合研究センター」からの依頼は嬉しかった（なぜこの機関が何十年も続く人文系インタビュー雑誌をやっているのかというのは謎のままだが）。収録のために僕の家の近所の営業前のイタリアンバーを借り、聴き手の編集者のほかにカメラマン（銀板写真で知られる新井卓さん。平倉圭と同級生なんですと自己紹介され驚いた）と研究員がふたり現場に来るという謎の好待遇だった。偉い学者への対応

がデフォルトになっているのだろう。内容は『眼がスクリーンになるとき』だけでなく『非美学』で展開することになるドゥルーズの「能力論」という主題や一連の美術批評での僕のスタンスをコンパクトに通覧するものになっており、五年も前のものなのでちょっと違和感はあるが自己紹介としてふさわしいかなと思い収録した。

「スモーキング・エリア#1-5」

gallery αM 公式ツイッター（@gallery_alpham）、二〇二〇年四月-二〇二一年一月 ＊のち「約束の凝集」展カタログ（武蔵野美術大学出版局、二〇二二年）に転載

一年間に五人のアーティスト（曽根裕、永田康祐、黒田菜月、荒木悠、高橋大輔）の個展を連続開催する長谷川新キュレーションの「約束の凝集」展に並走する連載として企画されたエッセイ。初回冒頭にあるように、コロナ禍によって展示は後ろ倒しになり、しかしエッセイが書けなくなるわけではないので僕だけもともと予定されていた会期に合わせて執筆した。

新型コロナウイルスの流行とともに連載は開始され、最終回は『非美学』のもとになる博士論文を書き終わった時期に執筆した。私生活としてもこの連載期間は一〇年続いた一人暮らしの最後の一年間でもあり、博論の切迫感とともにどうにかこうにか引き延ばしてきたモラトリアムが終わる予感が文章のトーンの変遷にも刻まれているようにも思う。テーマのバリエーション、そしてなるべく気楽にいこうと始まったはずの連載が回を追うごとに息が詰まっていくような焦燥が本書全体の軸にふさわしいと思い、本書のチャプターの区切りとして採用した。

「ポシブル、パサブル——ある空間とその言葉」

『群像』二〇二〇年七月号、講談社、二〇二〇年六月

批評文として本書のうちでもっともテーマの広がりと理論的な深みがある文章。コロナ禍における空間の変容と「あいちトリエンナーレ2019」における作品経験の排除を重ね合わせつつ、三つのインスタレーション作品や東浩紀の「サイバースペース」論、貞久秀紀の詩など、雑多なトピックを飛び移りながら書かれている。それまで展評にしても『シネマ』論にしても論述対象となるひとつの固有名で枠付けられたものを書いていて、ほとんどむりやりにでもその外に出るものを書いておかないと自分の幅が狭くなっていくだろうという危機感があった。そのせいもあってちょっと読みにくいかもしれないが囲碁の早打ちを眺めるようになんとなく盤面の推移とリズムを感じてもらえればと思う。

「絵画の非意識——五月女哲平の絵画について」

「絵画の非意識、あるいはなぜ私が批評する画家はみなマグカップを作るのか」を改題、五月女哲平『OUR TIME』、NADiff、二〇二〇年七月

二〇二〇年春に都内の三つの会場（青山目黒、NADiff a/p/a/r/t、void+）で同時開催された五月女哲平個展のレビュー。ちょっと恥ずかしくなり初出時のタイトルから変更している。五月女さんの作品はもともと好きで、『眼がスクリーンになるとき』単行本版に描き下ろしの装画を提供していただき、同書の文庫版ではその原画が僕の自宅に飾られているところを写真家の金川晋吾さんが撮影した写真をカバーデザインに使用した。本書『ひとごと』では『非美学』のカバーとまったく同じ本山ゆかりさんの作品を別のレイアウトで使用しており、こちらでも同じ作品がふた通りのしかたで反復されている。人文書は図版や装画として芸術作品のイメージを様々に用いてきたが、四冊の書物を通じて芸術作品のイメージとの新たな関わりかたを僕なりに提示したかった。

「Tele-vision は離れて見てね」

『文藝』二〇二〇年冬季号、河出書房新社、二〇二〇年一〇月

かつてテレビっ子だった昔の思い出に捧げるような文章。大学に入学してからずっと家にテレビがないが、そろそろまた置いてもいいかもしれない。定食屋さんなどでテレビが置いてあると思わず見入ってしまう。見たいわけでもないものが流れていて、しかしそれを見てしまう微妙な距離感がどのように作られていて、その受動性のうちに良し悪しをいかにして設定するかということについての文章だと思う。

「コントラ・コンテナ——大和田俊《Unearth》について」

美術手帖（ウェブ版）、https://bijutsutecho.com/magazine/review/23723、二〇二一年三月

作家の地元である栃木県小山市の美術館で開催された大和田俊の個展のレビュー。同郷の五月女哲平さん、小山市ではないが栃木出身の写真家、百頭たけしさんと一緒に展示を見た。僕は山がちな中国地方の出身なので、関東平野の平野っぷりにはいつも驚かされる。五月女さんの渡良瀬遊水地への眼差しも大和田さんのポンプ小屋への関心も百頭さんのジャンクヤードへの執念も、地元の風土が作品のフォームに変換される手つきにそれぞれの特徴が現れていて面白い。《Unearth》における視覚と聴覚の分離を前提とした空間のありかたは『非美学』にも問いとして引き継がれている。

「日記を書くことについて考えたときに読んだ本——滝口悠生『長い一日』について」

ｗｅｂちくま、https://www.webchikuma.jp/articles/-/

2485、二〇二一年七月

「昨日、なに読んだ?」という「webちくま」のコラムシリーズに寄稿したエッセイ。本文冒頭の「文字通り昨日読んだ本の話をしようと思う」という一文はシリーズタイトルを受けたもの。日記の面白いところのひとつは、ふつうの文章であればある種の禁じ手として忌避される「自分が書いていること/書けないことについて書く」というメタな身ぶりが、毎日書いていればそういうこともあるだろうということで許される(ような気がする)こと。メタかベタかということより、日々が続くということのほうが強いのだ。

「ジャンルは何のために?——絵画の場合(千葉正也、ロザリンド・クラウス、本山ゆかり)」

『美術手帖』二〇二一年八月号、美術出版社、二〇二一年七月

絵画論であり、絵画を展示する・掛けることについての文章という意味ではインスタレーション論でもある。内向きの制度批判と極大の政治的主張が循環し、そのあいだで「作品」というものの意味が見失われてしまう傾向に対して、「絵画」というきわめて伝統的なジャンルの現代的な意義を再考している。本書と『非美学』のカバーを飾る本山ゆかりさんの《Ghost in the Cloth(コスモス)》はこの文章で取り上げた個展で見た。

「スパムとミームの対話篇」

PaperC、https://paperc.info/feature/no-02/insight_fukuo、二〇二一年一〇月

現代の情報環境における堕落した言葉としてなんとなく並列に考えられている「スパム」と「ミーム」のあいだに概念的な対比を設定したうえで、文

化現象として面白がられることもある後者ではなくむしろ前者のポテンシャルを主張する言語論。自分で言うのも口幅ったいが批評の模範的なツイストの利かせかただと思う。「スパム」は『眼がスクリーンになるとき』の「リテラリティ」、そして「ポシブル、パサブル」の「デコイ」とのつながりで考えたい概念だ。

「プリペアド・ボディ――坂本光太×和田ながら「ごろつく息」について」

「東京コンサーツ」ホームページ、https://www.tokyo-concerts.co.jp/concerts/48610/、二〇二二年二月

チューバ奏者の坂本光太と演出家の和田ながらのコラボレーションによる、現代音楽の曲目を演劇的な手法を用いて演奏／上演する作品のレビュー。いまのところ僕の唯一の音楽（?）批評。この文章で論じた、気づいたときにはもう「準備」されているものとしての身体というモチーフは、『非美学』の「人間形態主義」および「白痴」論の構想のきっかけになった。いや、二足歩行の話は博士論文の段階からあったので細かく見るとどっちが先とも言い難いのだが。いずれにせよそれがわからなくなる奇妙な時間のなかでこそ「考える」ということが起こるのだろうと思う。

「ひとんちに日記を送る」

『新潮』二〇二二年七月号、新潮社、二〇二二年六月

二〇二一年一月から個人サイト（https://tfukuo.com）を立ち上げて毎日日記を書き始め、その丸一年分を収録した『日記〈私家版〉』を三六五部限定で刊行した。本エッセイでは初めて自分で本を作り、売る経験から考えたことが書かれている。結局このあとすぐに本は完売して、自分の日記をわざわざ自分で複製したものが自分の家に積み残されるという

どうしようもない事態は避けることができた。

「100パーセントの無知な男の子に出会う可能性について」

河出書房新社編『from under 30 世界を平和にする第一歩』、河出書房新社、二〇二二年九月

河出書房新社の「14歳の世渡り術」という(『13歳のハローワーク』から絶妙に距離を取った名前の)叢書の一冊として刊行された、三〇歳以下の書き手による平和についてのエッセイ・アンソロジーに寄稿した文章。本書『ひとごと』のなかでもっとも想定読者層が若い文章ということになる。タイトルは言うまでもなく村上春樹の短編「四月のある晴れた朝に100パーセントの女の子に出会うことについて」を参照しており、僕なりの「出会い」論でもある。内容的にはこれも『非美学』の「白痴」論と響き合うところがあり、かつ、まったく専門用語を使っていないので僕の人間観・社会観がかなり直截に出ていると思う。

「失恋工学概論」

『文藝』二〇二四年夏季号、河出書房新社、二〇二四年四月

『文藝』の「マッチング文学」特集内の、自ら選んだ関連書三冊を紹介したうえで短いエッセイを付すという企画に寄稿した文章。あえて現代の恋愛についての本は選ばず、それが外側から浮き彫りになるようなそれぞれまったくジャンルの異なる本を選んだ。エッセイパートに書いた、ある種の孤絶によってざわめき立つ世界の不透明性を肯定するという態度は、「スモーキング・エリア#5」にも通底している。

「非美学＝義家族という間違った仮説をもとに」

『文學界』二〇二四年九月号、文藝春秋、二〇二四年八月

以下二編は『非美学』刊行後に書いた、つい最近の文章。なのでかえってコメントが難しいが、本エッセイは、少なくとも自意識としては「一人暮らし」的な生き方や空間性を背景に書いてきた僕が、初めて公の媒体で結婚について書いた文章ということになる。とはいえそれも三年間の日記という蓄積があったからできたことだが。私的なことを衒いなく書くのにも修練が必要なのだ。

「長続きしないことについて」

『ニューサポート高校「国語」』Vol. 42、二〇二四年秋号、東京書籍、二〇二四年九月

高校の国語教員が主な読者となる媒体に寄せた、日記についてのエッセイ。規律と表現の交差点にある近代的制度としての日記（とりわけ日本はその傾向が顕著）というトピックには、自分で日記を書き始めてからずっと関心を寄せていた。『土佐日記』などを持ち出して日記を表現だとしても「日本文学」の全体性に回収されるし、かといって一方的に監視・教化装置だと糾弾しても個々の日記が浮かばれるわけでもない。生の不埒さ（indiscipline）を眺める修練（discipline）としての日記。書いているときは今日もやらねばという自己管理的な意識でも、読み返してみればあられもなく変化する気分が刻まれている。それはこの『ひとごと』に収められた文章を通じて起こっていることでもあるだろう。

福尾匠（ふくお・たくみ）

一九九二年生まれ。哲学者、批評家。博士（学術）。著書に『眼がスクリーンになるとき――ゼロから読むドゥルーズ『シネマ』』（河出文庫）、『日記〈私家版〉』（私家版）、『非美学――ジル・ドゥルーズの言葉と物』（河出書房新社）、共訳書にアンヌ・ソヴァニャルグ『ドゥルーズと芸術』（月曜社）がある。

ひとごと

クリティカル・エッセイズ

二〇二四年一一月二〇日　初版印刷
二〇二四年一一月三〇日　初版発行

著　者　福尾《ふくお》匠《たくみ》
発行者　小野寺優
発行所　株式会社河出書房新社
〒一六二-八五四四　東京都新宿区東五軒町二-一三
電話〇三-三四〇四-一二〇一（営業）
〇三-三四〇四-八六一一（編集）
https://www.kawade.co.jp/

組　版　大友哲郎
印　刷　株式会社暁印刷
製　本　加藤製本株式会社

ISBN978-4-309-23160-0
Printed in Japan

福尾匠

非美学――ジル・ドゥルーズの言葉と物

非美学は批評の条件についての哲学的思考である――哲学を「概念の創造」として定義したドゥルーズにとって、芸術を通して概念を創造する批評とは何だったのか。ドゥルーズに伏在する「言葉と物」の二元論から、今世紀の日本の批評を導いてきた「否定神学批判」の限界に迫る。われわれの現代思想はここから始まる！

978-4-309-23157-0

福尾匠

眼がスクリーンになるとき――ゼロから読むドゥルーズ『シネマ』

『非美学』の福尾匠のデビュー作が待望の文庫化。映画という芸術の新しさはいかにして哲学の新しさへと跳ね返るのか。『シネマ』の緻密かつ明快な読解からドゥルーズ哲学の創造の原理が明かされる。同世代の俊英、黒嵜想、山本浩貴（いぬのせなか座）と著者の鼎談を追加収録！

978-4-309-42116-2